左手的繆思

余光中

左手的繆思

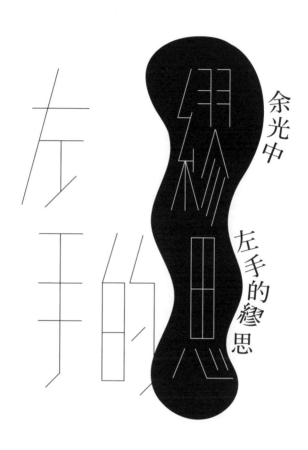

新版序

左手的繆思

新版序

《左手的繆思》，我的第一本散文集，一九六三年由文星書店出版，一九八〇年由时报出版公司接手，迄今又过了三十五年，已經绝版。儘管此書命若續絲，读者卻未全然遺忘，有心人仍不时向九歌探听，致有重印之議，頗出作者意外。

这本「少作」当初编选时，抒情與議论不分，体例不純，简直像一本雜文。如今我也無意再加调整，任其雞兔同籠。至於文字本身，我的少作句法比较平直，多受英文文法结構的影响，尚未修煉成中西相通古今互補的精纯之境，但氣势还算是貫串的。

所以新版保留昔日顯得略為稚氣的故態，一律不加調整，藉此亦可見我的風格如何發展成今日之「白以為常，文以應變」。

我在愛奧華大学選修了「現代藝術」和「美國文学」兩課，這对我日後文藝评論的根基頗為有用，尤以对現代绘画為然。例如写畢卡索的那篇長文，今日回顧，仍不致自愧舊作。就算集中的最早一篇「美文」，〈猛虎和蔷薇〉，直到今日，居然还有出版社来要求同意選入國文課本，真令人意外。

二〇一五年十月三十日
高雄市西子灣

自序

左手的繆思

《左手的繆思》是我的第一本散文集，初版雖在民國五十二年，其中作品的寫作時間，從四十一年到五十二年，先後卻有十一年之差。在那初征的十一年裡，詩集卻出了四本之多，足見我創作之始，確是以詩為主，散文只能算是旁敲側擊。當時用《左手的繆思》為書名，朋友們都覺得相當新鮮，也有讀者表示不解。其實我用「左手」這意象，只是表示副產，並寓自謙之意。成語有「旁門左道」之說，臺語有「正手」（右）「倒手」（左）之分。在英文裡，「左手的」（left-handed）更有「彆扭」與「笨拙」之意。然則「左手的繆思」，簡直暗示「文章是自己的差」，真有幾分自貶的味道了。雖然早在十七世紀，米爾頓已經說過他的散文只是左手塗鴉，但在十六年前，不學如我，尚未發現此說。

集中最早的一篇少作，是〈猛虎與薔薇〉。那年我剛臺大畢業，散文雖也寫過多篇，「美文」卻是初試。當時為什麼沒有繼續寫下去，現在卻已感到惘然。等到再用散文來抒情，寫出〈石城之行〉和〈記佛洛斯特〉一類的作品來時，已經是〈猛虎與薔薇〉之後的六、七年了。

〈猛虎與薔薇〉在中央副刊發表時，作者已經二十四歲了，無論如何，都難說是「早熟」。今日的青年散文作家，在這年齡所寫的作品，往往勝我許多。但在另一方面，今日的青年散文作家，一開筆便走純感性的路子，變成一種新的風花雪月，忽略了結構和知性，發表了十數篇之後，反來覆去，便難以為繼了。缺乏知性做脊椎的感性，只是一堆現象，很容易落入濫感。不少早熟的青年散文作家，開筆驚人，但到了某一層次，沒有知性的推力，更難上攀一分，實在可惜。

本集收文十八篇，就比例而言，仍以詩、畫的論評分量為重。從十多年後的這一頭回顧，這些長評短論，有些還站得住腳，有些就顯得淺薄或誇大了。相對而言，幾篇抒情之作似乎較耐時間的考驗。當時之理，未必盡為今日所認可，但當時之情，卻近於人之常情，真個是「理短情長」了。而鏡破片片，每一片中都是一我，也難以指認誰真誰幻了。

余光中

六十八年八月於中文大學

記佛洛斯特

艾略特曾說四月是最殘酷的月份，證之以我在愛奧華城的經驗，頗不以為然。在我，一九五九年四月是幸運的：繼四月三日在芝加哥聽到鋼琴家魯多夫・塞爾金（Rudolf Serkin）奏布拉姆斯的第一號鋼琴協奏曲之後，我在四月十三日復會見了美國詩人佛洛斯特（Robert Frost, 1874-1963）。

佛洛斯特曾經來過愛奧華城，但那是十年以前的事了。梁實秋先生留美時，也曾在波士頓近郊一小鎮上聽過佛洛斯特自誦其詩，那更是三十年前的事了。物換星移，此老依然健在，所謂「紅葉落盡，更見楓樹之修挺」；美國二十世紀新詩運動第一代的名家，如今僅存他和桑德堡二人，而他仍長桑德堡三歲，可謂英美詩壇之元老。這位在英國成名，在美國曾獲四度普利澤詩獎的大詩人，正如鍾鼎文兄詠希梅尼斯時所寫的，已經進入「漸遠於人，漸近於神」的無限好時期，然而美國的青年們仍是那麼尊敬且熱愛他，目他為一個寓偉大於平凡的慈祥長者，他們舉眼向他，向他尋求信仰與安全感，智慧與幽默。當他出現在大音樂廳的講壇上，「炫數千年輕之美目以時間之銀白時」，掌聲之潮歷四五分鐘而不退。羅西尼說他生平流過三次淚，一次是當他初聞帕格尼尼拉琴時。而當我初聞佛洛斯特那種挾有十九世紀之風沙的聲音時，我的眼睛竟也濕了。我似乎聽見歷史的騷響。

四月十三日下午二時半，我去「詩創作」班上課，發現平時只坐二三十人的教室裡已擠滿了外班侵入的聽眾約五六十人。我被逼至一角，適當講座之斜背面。二時五十分「詩創作」教授安格爾（Paul Engle）陪著佛洛斯特進來。銀髮的老人一出現，百多隻眸子立刻增加了反光，笑容是甚為流行了。他始終站著，不肯坐下，一面以雙手撐著桌緣，一面回答著同學們的許多問題。我的位置只容我看見他微駝的背影，半側的臉，和滿頭的白髮。常見於異國詩集和《時代週刊》的一個名字，忽然變成了血肉之軀，我的異樣之感是可以想像的。此時聽眾之一開始發問：

「佛洛斯特先生，你曾經讀過針對你的批評嗎？你對那些文字有什麼感想？」

「我從來不讀那種東西。每當有朋友告訴我說：某人發表了一篇評你的文章，我就問他，那批評家是否站在我這一邊，如果是的，那就行了。當朋友說，是的，不過頗有保留，不無含蓄；我就說：讓他去含蓄好了。」

聽眾笑了。又有人問他在班上該如何講詩，他轉身一瞥詩人兼教授的安格爾，說：

「保羅和我都是幹這一行的，誰曉得該怎麼教呢？教莎士比亞？那不難——也不容易，你得把莎士比亞的原文翻譯成英文。」

大家都笑起來。安格爾在他背後做了一個鬼臉。一同學忽然問他〈指令〉（Directive）一詩題目之用意。他搖頭，說他從不解釋自己的作品，而且：

「如果我把原意說穿了，和批評家的解釋頗有出入時，那多令人難為情啊！解釋已經作古的詩人的作品，是保險得多了。」

等笑聲退潮時，又有人請他發表對於全集與選集的意見。

「《英詩金庫》（*Golden Treasury*）固然很好，但有人懷疑是丁尼生的自選集（笑聲）。有人大嚷選集有害，宜讀全集。全集嗎？讀白朗寧的全集嗎？噁！」

接著他又為一位同學解釋詩的定義，說「詩是經翻譯後便喪失其美感的一種東西」，又說「詩是許多矛盾經組織後成為有意思的一種東西」，不久他又補充一句：「當然這些只是零碎的解釋，因為詩是無法下定義的。」他認為「有餘不盡」（ulteriority）是他寫詩追求的目標——那便是說，在水面上我們只能看見一座冰山的一小部分，藏在水面下的究竟多大，永遠是一個謎。他又說：「我完全知道自己任何一首詩的意義，但如果有人能自圓其說地作不同解釋時，我是無所謂的。有一次一位作家為了要引用我的詩句，問我是否應該求得我的出版商的同意。我說，『不必了吧，我們何不冒險試一次呢？』」

本年度佛洛斯特被任命為國會圖書館的英詩顧問。一位同學問他就任以來有何感想。他答稱，正式的公事只有四次，其一是艾森豪總統曾經向他請教有關祈求永久和平的一篇禱告詞。

「這種文字總是非常虛偽的，」他說。「人生來就註定要不安，騷動，而且衝突。這種衝突普遍存在於生命的各種狀態，包括政治和宗教。有一次我對總統說，既然羅斯福夫人，路透先生，及我所有受過教育的朋友們都認為社會主義是不可避免的，那我們何不參加幫忙，助其發展，且度過這一階段？社會主義是無法長存的。」

如是問答了約一小時，「詩創作」一課即算結束。安格爾教授遂將班上三位東方同學——菲律賓詩人桑多斯（Bienvenido Santos），日本女詩人長田好枝（Yoshie Osada）及筆者——介紹給佛洛斯特。他和我們合照一像後，就被安格爾教授送回旅舍休息。

匆匆去藝術系上過兩小時的「現代藝術」，即應邀去安格爾教授家中。他的客廳裡早已坐（或立）滿了自愛奧華州首府德莫因趕來的各報記者及書評家等。晚餐既畢，大家浩浩蕩蕩開車去本校的大音樂廳，聽佛洛斯特的演說。還不到八點，可容二千多人的大廳已經坐滿了附近百哩內趕來的聽眾和本校同學。來遲的只好擁擠著，倚壁而立。八點整，佛洛斯特在安格爾的陪伴下步上了大講臺，歡迎的掌聲突然爆發，搖撼著複瓣的大吊燈。安格爾作了簡單的介紹後，即將一架小型的麥克風掛在佛洛斯特的胸前，然後下臺。老詩人撫著麥克風說：

「這樣子倒有點像柯立基詩中身懸信天翁的古舟子了。」

聽眾皆笑了，他們愛這位白髮蕭騷而不失赤子之心的詩人，正如愛一位縱容他們的老祖父。他們聽他朗誦自己的詩，從晚近的到早期的，一如在檢閱八十年的往事。在兩詩之間，佛洛斯特的回憶往往脫韁而逸；他追念亡友湯默斯（Edward Thomas），懷想大西洋對岸的故人格雷夫斯（Robert Graves），顯然感慨很深。他以蒼老但仍樸實有勁，且帶濃厚的新英格蘭鄉土味的語音朗誦〈不遠也不深〉，〈雪晚林畔〉，〈一叢花〉，〈修牆〉，〈傭工之死〉，〈窗前樹〉，〈分工〉，〈認識了夜〉及許多雙行體的小品。到底年紀老了，有好幾處他自己也念錯了；例如〈不遠也不深〉的第二行，他便將書上印的 look 誤為 face 了。將誦〈一叢花〉時，他說當初他應該加上一個小標題——「何以他留它在此」。關於〈傭工之死〉，他說那長工不是他的僕人，而是他的朋友，同事。他說他特別偏愛雙行體（couplet），因為它語簡意長；這種詩句往往在火車上或午夜散步之際閃現於他心中。有一次他在自己電視節目將完時忽想起了兩行：

呵上帝，饒恕我開你的小玩笑，

則我也將你開的大玩笑忘掉。

還有一次他寫了四行，詠馬克斯和恩格爾：

這兩個騙人的難兄難弟，
打的算盤是如此的經濟，
把人類調得如此的整齊，
結果是一點酵也發不起。

直到九點半，佛洛斯特才在掌聲中結束了他寓莊於諧的演說。我隨記者及書評家們回到安格爾寓所，參加歡迎佛洛斯特的雞尾酒會。來自東方的我，對於這種游牧式的交際，向來最感頭痛，但為了仰慕已久的大詩人，只好等下去。十點一刻，佛洛斯特出現於客廳，和歡迎者一一握手交談。終於輪到我；老詩人聽安格爾介紹我來自中國，很高興，且微笑說：

「你認識喬治葉嗎？」

「你是指葉公超大使嗎？」我說。

「是啊，他是我的學生呢。他是一個好學生。」

「我有一位老師在三十年前留美時聽過你的朗誦。在國內時他曾經幾次向我提起。」

「是嗎？那是在哪兒？」

「在波士頓。」

「啊！臺灣的詩現狀如何？」

「人才很多，軍中尤盛，只是缺少鼓勵。重要的詩社有藍星，現代，創世紀三種。你的詩譯成中文的不少呢。」

於是我即將自己譯的〈請進〉，〈火與冰〉，〈不遠也不深〉，〈雪塵〉四首給他看。他瞇著眼打量了那些文字一番，笑說：

「嗯，什麼時候我倒要找一個懂中文的朋友把你的譯文翻回去，看能不能還原，有多大出入。」

「這是不可能的，」我說，「能譯一點詩的人誰沒有先讀過你的詩呢？」

接著他問我回國後是否教英國文學；當我說是的時，他問我是否將授英詩。我作了肯定的答覆。他莞爾說：

「也教我的詩嗎？」

「也教，如果你將來不就自己的作品發表和我相異的解釋的話。」

記起剛才下午他調侃批評家們的話，他笑了。談話告一段落，我立刻請他在兩本新買的「現代叢書」版的《佛洛斯特詩集》之扉頁上為我簽名。他欣然坐下，抽出他那老式的禿頭派克鋼筆，依著我的意思，簽了一本給夏菁，一本給我。給我的一本是如此：「給余光中，羅貝特・佛洛斯特贈，並祝福自由中國，一九五九於愛奧華城。」夏菁是我的詩友中最敬愛佛洛斯特的一位，這本經原作者題字的詩集將是我所能給他的最佳禮物了。

然後我即立在他背後，請長田好枝為我們合照一像。俯視他的滿頭銀髮，有一種皎白的可愛的光輝，我忽生奇想，想用旁邊几上的剪刀偷剪幾縷下來，回國時贈藍星的詩人們各一根，但一時人多眼雜，苦無機會下手。不久老詩人即站了起來，和其他

余光中（右）與美國詩人佛洛斯特，一九五九年。

來賓交談去了。十一點半，安格爾即送他回去休息。

林中是迷人，昏黑而深邃，
但是我還要赴許多約會，
還要趕好幾哩路才安睡，
還要趕好幾哩路才安睡。

佛洛斯特曾說他是一個天生的雲遊者；當他在音樂廳朗誦〈雪夜林畔〉到此段時，我忽然悟出其中有一種死的象徵，而頓時感到鼻酸。希望他在安睡以前還有幾百哩，甚至於幾千哩的長途可以奔馳。

四十八年四月於愛奧華城

艾略特的時代

「選擇一首好詩並揚棄一首劣詩，這種能力是批評的起點，最嚴格的考驗便是看一個人能否選擇一首好的『新詩』，能否對於新的環境作適當的反應。」這是美國大詩人兼批評家艾略特（T.S. Eliot, 1888-1965）在他一九三三年出版的《詩與批評之用途》中的一句話。處於當前自由中國新文學的環境，我們尤其欣賞、重視這意見。對於批評家最嚴格的考驗便是看他能不能選擇一首好詩，尤其是好的新詩。選擇一首好的舊詩並不太難，因為我們對於古代的作者已經有了透視的距離，秋毫和輿薪之間的比例我們已經瞭然，當時作者間的互相品評，與乎後之學者的長期淘汰，可以作我們的參考；也並不太容易，因為我們對於傳統每有過分的崇拜，對於習俗缺乏自覺的分析。

反叛傳統，但同時並不忽視傳統，是艾略特對於詩的一貫態度。做一個大批評家，他必須了解傳統，熟悉受他批評的對象；而做一個大詩人，他必須披荊斬棘，另闢天地的抱負與能力。艾略特對於現代文學的貢獻，在創作和批評兩者的影響，可以比擬十九世紀初的柯立基，而猶過之。一九四八年諾貝爾文學獎之所以頒予艾略特，即為獎勵這種開風氣之先的精神。

艾略特於一八八八年九月廿六日生於美國米蘇里州的聖路易城。他的祖先原居新英格蘭，出了不少大學校長和牧師，據說最早的先人可以追溯到十六世紀的湯默士•艾略特勳爵（Sir Thomas Elyot, 1499-1546）——當時有名的散文家，曾任英國駐西班牙大使。父親是聖路易的商人。艾略特在聖路易讀完中學，便去東部進哈佛大學。一九〇九年他獲得文學士學位，一年後，又取到文學碩士學位，遂橫渡大西洋，在巴黎大學研究一年，旋又回到哈佛，以三年時間撰寫博士論文。一九一四年，他去英國，在海給特學校教書，其後復在洛依茲銀行工作，一面開始編輯《標準季刊》（*Criterion Quarterly*）。他的處女詩集《普魯夫洛克》（*Prufrock*）出版於一九一七年；第一本批評文集《聖林》（*The Sacred Wood*）出版於一九二〇年；兩年後，艾略特發表了他最重要的作品《荒地》（*The Waste Land*），遂奠定了他在現代文學中崇高的地位。此後他的聲譽扶搖直上。一九二七年，他歸化為英國人，且宣佈自己「以宗教言，為一英國天主教徒，以政治言，為一保皇黨員，以文學言，為一古典主義者。」他在文學上的榮譽極多，其中包括劍橋大學與哈佛大學的講座，牛津與劍橋的榮譽研究員，以及歐洲與美國十四個大學的榮譽博士學位。一九四八年，他更榮獲英國的 O.M. 勳章（Order of Merit）與諾貝爾文學獎。

艾略特是二十世紀對於英美，甚至是全世界，詩壇最具影響力的詩人之一。他不是一位多產的作者。在創作方面，自一九〇九年以迄一九五〇年，他的總產量是七十首詩和三本詩劇。在批評方面，他的文集已經超過十五卷。艾略特的題材和視界是狹窄的，他的風格變化不多。他的天才是集中的，不像畢卡索那種波賽遁（Poseidon）式的善變，也不像克利那種流星雨式的揮霍靈感。《普魯夫洛克》出版於他廿九歲那年，其中最重要的一首作品〈普魯夫洛克的戀歌〉（The Love Song of J. Alfred Prufrock）創作日期更早在他的大學時代。其後陸續出版的集子有《一九二〇詩集》，《荒地》，《空洞的人》（*The Hollow Men*），《精靈詩集》（*Ariel Poems*），《未完成的詩》

（*Unfinished Poems*），《四個四重奏》（*Four Quartets*）等。《空洞的人》是他哲學觀念的分水嶺，在這以後，艾略特自懷疑歸於信仰，自歷史的社會觀轉為宗教的社會觀，自混亂的現象復返依有秩序的原則。他在〈小吉丁〉（Little Gidding）中寫道：

我們所謂的開端常是結尾，
而結尾常常只是開一個端。
結尾是我們出發的起點。

然而影響現代文學至鉅的不是艾略特後期這種帶有濃厚宗教氣氛的作品，而是早期那種以對比為主要表現手法的詩。籠罩著艾略特早期作品的一種含有甚重的「時間之鄉愁」的歷史感。在現代的世界裡，我們找不到光榮、偉大、安全、以及完整；在「過去」的面前，「現在」是自卑的，醜惡的，破碎的，彷徨的。艾略特的境界正如歷史的通衢與個人的小巷交叉的十字路，渺小而無意義的個人徘徊其中，困惑於大街的紛擾與小巷的陰鬱，目眩於紅綠燈的交替。這種知識分子的幻滅與壓抑感因外界的波動與內心的混亂之交互感應而更形複雜，遠非「舊時王謝堂前燕，飛入尋常百姓家」的興衰之感所能包羅。作一個較好的譬喻，我們可以說，讀艾略特早期的詩，有如俯窺一株水仙花反映在投過石子之水面的破碎的倒影。

每天早晨你都能看見我，在公園裡
讀著漫畫和體育版的新聞。
特別令我注意的常是
一個英國的伯爵夫人淪爲女伶。
一個希臘人被謀殺於波蘭舞中。
另一個銀行的騙局已破案。
我卻是毫不動容，
我始終沒有心亂，
除非當街頭的鋼琴，單調且慵困地
重覆一首濫調的平凡的歌，

而風信子的氣息自花園對面飄來，
使我想起別人也要求過的東西。
這些觀念是對還是錯？

這種忠於現代生活之偶然性與瑣碎性的恍惚迷離的意象，對於頓足搥胸的浪漫主義是一種反抗。起首的兩行就「暗示」這位以第一人稱「我」出現的人物之卑瑣與無聊。第三行至第五行反映出一個沒落的世界——英國貴族的式微，希臘傳統的蕩然，以及現代道德的混亂——然而這一些並不足以亂「我」的心。接著是單調的琴音，風信子的氣息，對於他人祕密的情慾之一瞬間的同情，結果還是面臨困惑。事實上，現代生活就是由這些紛然雜陳的支離破碎的「現象」拼湊而成；美是不太美的，抱歉得很。美本身在二十世紀便是值得懷疑的東西。艾略特堅持，一位詩人應該能透視美與醜，且看到無聊、可怖，與光榮的各方面。在他的詩中，美與醜，光榮的過去和平凡的現在，慷慨的外表和怯懦的內心，恆是並列而相成的。現代主義在美與真之間，寧取後者。現代的大作家，無論是艾略特或奧登，漢明威或福克納，皆寧可把令人不悅的真實呈現在讀者面前，而不願揑造一些粉飾的美，做作的雅，偽裝的天真。

較之艾略特的「哲學」，更重要的是他的富於暗示的技巧。他從法國詩人拉福爾格（Jules Laforgue），藍波、魏爾崙，與柯比艾爾（Tristan Corbière）悟出暗示勝於坦陳的原理，乃發揚光大，使之接近超現實主義，而展現出一個現實與幻想交融的世界。他將直述與婉說，情慾與機智，事實與徵象溶為一爐。在他的詩中，一種不可捉摸的音樂起伏於莊嚴與庸俗之間；情緒形態之傳達代替了固定情感的刺激反應。在現實的灰色霧後，隱約可見歷史的堂皇遠景。這種交疊的表現法在電影中早有了很好的運用。

「波士頓晚郵」的讀者們
搖擺於風中，如一田成熟的玉米。
　　當黃昏在街上朦朧地甦醒，
喚醒一些人生命的慾望，
且爲另一些人帶來「波士頓晚郵」，

我跨上石級，按響門鈴，疲倦地
轉過身去，像轉身向羅希福可點頭說再見，
假使街道是時間，而他在街的盡頭，
而我說，「海麗雅特表姐，波士頓晚郵來了。」

羅希福可（La Rochefoucauld）是十七世紀法國的散文家，以明暢簡潔，幽默見稱。歷史的斯芬克獅恆蹲守在人類的去路上。「波斯頓晚郵」是切身的現實，羅希福可是渺茫的往昔；然而現實與往昔畢竟是如此的不可分。一迴首而見羅希福可的幢幢巨影；這種突如其來的一驚一疑正是現代詩的特色，而這種超現實主義的表現法令我們想起了達利（Salvador Dali）的「伏爾泰的幻象」。

艾略特的影響遍及於大西洋兩岸。年輕的詩人們拒絕接受他那種戴了古典主義之假面具的浪漫主義，他的退入英國天主教，以及他那種掩蓋不了死亡願望的悲觀主義，可是他們卻讚美，並學習，他的暗示能力。在英國，奧登、史班德與路易斯公開承認他的啟示；在美國，他感召了艾肯、麥克里希、格瑞格里，及其他作家。和佛洛斯特不同的是：佛洛斯特是民族性的，艾略特是國際性的，佛洛斯特是現代詩中獨來獨往的人物，而艾略特是開風氣的大師，他把英詩從二十世紀貧血和虛偽的喬治朝詩人（Georgian Poets）的陷阱中救了出來。

在英美的批評界，艾略特的地位亦很崇高。他對於伊麗莎白時代的劇本，十七世紀的玄學派，法國的象徵詩人等有很深邃的研究。他重新予拜倫的長詩以較高的評價，而將米爾頓自古典書架的第一欄搬到第二欄。儘管晚期的論調因趨向保守而令批評界驚訝，他的論文仍是非常發人深省的。在學問的豐富，思想的精妙，態度的冷靜與乎文字的清晰各方面，很少學者能與他匹敵。以下讓我們翻譯艾略特論傳統的一段文字，以結束對這位開風氣的大師的簡介：

「陶醉於懷古的傷感中，是毫無益處的。第一，即使在最優秀的活的傳統之中，也恆有優劣因素的混合，和許多有待批判的成分；其次，傳統也不僅是感情方面的事。同樣地，如果不加以充分批判的研究，我們也無法很有把握地固執幾個教條式的觀念，因為在某一時代認為是健康的信仰，如果它不是少數的基本因素之一，到了另一個時代就可能變為一個危險的偏見。同樣地，我們也不應該株守傳統，以保持我們對於比較不受歡迎的人們的優越地位。」

四十八年十二月

註：桑普森（George Sampson）著《簡明劍橋英國文學史》（*The Concise Cambridge History of English Literature*）中，將一九二〇至一九六〇的四十年，稱為「艾略特的時代」。

舞與舞者

愛爾蘭現代三大作家——蕭伯納、葉慈，和喬埃斯——都誕生於首邑都柏林區；蕭伯納於一八五六，葉慈於一八六五，喬埃斯於一八八二。其中葉慈已經公認為二十世紀英語民族最偉大的詩人之一。另一位是艾略特。後者對前者推崇備至，且以弟子自居，然而兩人的背景與發展形成鮮明的對照；葉慈少醇而老肆，早期效颦十九世紀末期前拉菲爾派的迷離之美，而後期發展成功一種個人的象徵系統和簡勁而有彈性的半浪漫半寫實風格；艾略特則少縱而老歛，早期繼承法國象徵派的手法，發而為大膽突出的超現實作風，後期反而皈依宗教與傳統。艾略特把廢墟支持殘餘的世界，葉慈收集殘餘世界搭成一座美好的建築物。英美的現代詩人欣賞早期的艾略特，晚年的葉慈。

約於一世紀前的六月十三日，葉慈生在都柏林附近的散地芒特（Sandy Mount）。他的父親約翰・伯特勒・葉慈（John Butler Yeats）是聞名於全愛爾蘭的風景畫家，他自己也曾習畫三年。後來他的興趣轉移到文學創作，應同鄉王爾德之邀去倫敦，加入「詩人社」（Rhymers' Club），和道孫、賽門思、韓利等交遊，儼然像位頹廢詩人。終又不滿這種風格，亟思有以振興本土的文學，乃鼓動格萊格莉夫人（Lady Gregory），辛（J. M. Synge），摩爾（George Moore）等，開創愛爾蘭文學復興之新局面，並籌立愛爾蘭文學社（Irish Literary Society）與愛爾蘭文學劇院（Irish Literay Theatre）。一九二二年，葉慈被選為愛爾蘭自由邦之國會議員，至一九二八年始滿期。一九二三年他得到諾貝爾文學獎（英語民族的詩人僅吉普林、葉慈、艾略特獲此榮譽）。一九三九年，第二次世界大戰前夕，他死在法國南部，葬於羅克布林。一九四八年，大戰既終，愛爾蘭的海軍首次遠征異國，去法國接回他的屍體，重葬於故土。

在私生活方面，據說葉慈有點古怪，像個花花公子，多愁善感，心神恍惚，每每沉於幻覺，茫然自失。他很相信印度的招魂術，日藉其妻喬琪・麗思（Georgie Lees）與幽冥交通。

至於葉慈在文學上的成就，約可分為四個時期，加以簡述。第一個時期是他的唯美時期。這時他深受前拉菲爾派及王爾德唯美運動的影響，可以說完全生活在象牙塔裡，而忽視本身所處的現實。這時他的作品，即使有所象徵，也是迷離幽美的象徵，為象徵而象徵，即使處理神話與傳說，也只是為神話而神話，並未發揮其中的意義。〈湖心的茵島〉與〈當你年老〉二詩，艾略特所謂「宜於詩選的作品」，正是此期風格的代表。

第二個時期是他的自覺時期，大約始於一九〇八年。當時他雖已成為愛爾蘭最聞名的詩人與劇作家，但仍未找到真正的自我。作品的產量雖已達二十部左右，而真正的代表作尚未動筆。一九〇八年，一個廿三歲的美國青年遠去倫敦，向葉慈學習寫詩；那便是後來成為現代詩的大師且教育過艾略特與漢明威的龐德。兩位詩人的接觸使年紀大的一位加速了他現代化的發展。一九一二年，由龐德與女詩人阿咪•羅蕙爾領導的意象派正式成立，其六大原則對於葉慈的敲擊力量，自然是猛烈的。他轉變了，他揚棄了早期的神話，他宣布說，「浪漫的愛爾蘭已經死去。」在〈漁夫〉一詩中，他說：

乘我還年輕，
我要爲他寫一首
詩，也許像黎明
那麼冷峻，而且熱情。

第三個時期是他的新神話時期。這一期的作品最難懂，因為其主題大半取自他個人的神話和象徵系統。他的新神話既非早期的愛爾蘭傳說，也非傳統的占星學，或者斯賓格勒的「西方的沒落」。根據他的系統，月之二十八態牽涉到人的個性的典型，以及相輔相成的週期性的文化史。他對西方兩大文化類型——希臘文化與耶教文化——之間的微妙關係，極感興趣，並以十一世紀的拜占庭文化為耶教文化週期的高潮。且以代表希臘文化週期的公元前第五世紀的菲地亞斯時代（the Age of Phidias）與之對照。由此看來，兩千年的耶教文化週期大盛於十一世紀，當式微於二十世紀。葉慈乃在〈再度來臨〉（The Second Coming）一詩中說：

何來猛獸，大限終於到期，
蹣跚踱向伯利恆，等待重生？

在讀他的十四行名作〈麗達與天鵝〉時，我們必須了解：葉慈認為，希臘文化與耶教文化皆始於凡間一女人之受孕，所孕者且皆為遁形於鳥的神之子。是以宙斯與上帝，麗達與瑪麗亞，天鵝與白鴿，海倫與耶穌，形成了巧妙的對照。

第四個時期始於一九二八年。這是他的綜合時期，也是他最純真有力的時期。這時他代表第一代的英美詩人，壯年的艾略特和龐德代表著第二代，皆已成名，奧登和史班德代表著第三代，正在大學裡讀書。晚年的葉慈可以說是歸真返璞，洗盡鉛華；他寧可「裸體步行」，寧可「萎縮為真理」（wither into the truth）。這時他的風格變得平易而口語化，在形式上好用整齊而單純的歌謠體，每節有一定的行數。〈瘋狂的簡茵〉（Crazy Jane）八首是最有力的代表作，其主題為一個老瘋婦生命之中的基本經驗——年輕時和一個修補工匠相戀的回憶。〈長腿蚊〉（Long Legged Fly）寫於他死前一年，是他最成熟也是最具思想性的作品。此詩表現古典初期的海倫，古典末期的凱撒，和畫「第一個亞當」的米開蘭基羅，表現這些孕育創造的或毀滅的力量的人物，在面臨重大抉擇時的心靈狀態，「如一隻長腿蚊在流水上逡巡」。

在構成西方文化的三大因素——希臘神話、耶教經典、現代科學——之中，葉慈反對科學，逃避工業社會，而又留戀自己預言已經沒落的前兩種因素。對於葉慈，創造與毀滅皆為文化所必須，因此無法分割。他把握這個真理，且以深入的思想和有力的手法加以表現。像這樣一位生生不息，老且益壯的大詩人，實在值得我們尊敬、效法。

五十一年四月

莎翁非馬羅

莎士比亞是否馬羅（Christopher Marlowe, 1564-1593）的筆名？此一疑問的謎底已因近日華興安（Francis Walsingham）爵士古墓之開掘而面臨揭曉的階段。早在去年三月一日，莎學權威梁實秋教授即已在《自由中國》半月刊上發表了一篇半屬報導半屬評論的文章，對於霍夫曼（Calvin Hoffman）的努力極表欽佩，但對其學說則仍感懷疑，認為文獻不足，證據不夠，不能令人心悅誠服。

原來與莎士比亞同庚（均為一五六四年生）的馬羅是英國十六世紀末期有名的大詩人兼悲劇作家；而且根據一般文學史的記載，是在二十九歲那年，在倫敦郊外一酒店中與人爭執動武，受刺身亡，至於爭執的原因，或謂同戀酒女，或謂分賬不均。但是如果根據霍夫曼的學說，則馬羅的死因並不像這麼簡單。原來馬羅本係伊麗莎白女皇的特務人員，一五九三年因叛教罪嫌被捕下獄，論罪可能處死；幸有權臣華興安其人巧為安排「佯死」場面，明為馬羅酒店被殺，實則死者另有其人，遂如此幫助馬羅逃過死刑。自此馬羅隱居在華興安的堡中，埋首創作，發表的作品自然不便再署名馬羅，遂商借當時名伶莎士比亞的姓名為其筆名云云（詳細情形見去年三月一日《自由中國》上梁先生的大文）。如今霍夫曼在英國忙於開掘的便是史開伯里教堂中華興安爵士之古墓，他的理想是在墓裡發現莎士比亞劇本的原稿。如果霍氏之說竟然屬實，則馬羅其人不但是伊麗莎白時期的一代文豪，簡直成為雄視今古的萬世詩宗。這真是文學史上空前的大發現了。

然而事實上「馬羅即莎翁」的可能性恐怕還是很小；梁實秋先生在他的大作裡早已提出了有力的疑問。以筆者對於伊麗莎白時代文學的修養而言，自然還談不上有什麼新的「考證」；但是站在一個愛好馬羅和莎士比亞作品的讀者的立場，試就兩人的作品之中去採聽霍說真偽的消息，也許對於解「馬羅莎翁之結」，不無小補。以下便是筆者對於霍說可疑之處的幾點說明：

（一）莎士比亞曾寫過一百五十四首十四行詩，而馬羅從未寫過十四行詩。馬羅曾寫過八百十八行「英雄式雙行體」（heroic couplets），而莎士比亞的全集中絕無此種詩體出現。一個作家所擅長的文體應該是他經常樂於運用的。我們似乎很難相信：馬羅在廿九歲以前只寫「英雄式雙行體」，而廿九歲以後則完全揚棄此體，專寫十四行詩。

（二）馬羅一生寫了五本半詩劇（《狄多》一劇係與納許合作），而且均為悲劇。莎士比亞一生寫了三十七本詩劇，其中有悲劇，有喜劇，也有史劇。根據一般批評家的分期，莎士比亞的劇作可以分成四個時期：第一期自他廿六歲至卅歲；所寫以史劇與喜劇為主，尚是他的「學徒時期」；第二期自他卅歲至卅六歲，所寫以浪漫喜劇為主；第三期自他卅七歲至四十五歲，所寫以悲劇為主；第四期自他四十五歲至四十九歲，所寫以喜劇為主。所以莎士比亞悲劇藝術的成熟時期應該在他四十歲左右。而馬羅在廿九歲以前已經寫過《浮士德》和《帖木兒大帝》等成熟的悲劇傑作。莎士比亞既與馬羅同庚，因此我們也很難相信馬羅在廿九歲以前已經在悲劇藝術上登峰造極，而三十以後竟大寫其喜劇，隔了十年，又再度進入悲劇創作的高潮（從《漢姆萊特》到《科里奧雷納斯》，一共是七本悲劇）。霍氏認為莎士比亞的十四行詩內充滿了流亡和絕望，正是馬羅「佯死」以後內心鬱悶的寫照，然而馬羅在廿九以前專為悲劇，「佯死」之後的十年之中竟一連串地寫了十本喜劇（莎士比亞自卅歲至卅九歲共寫十本喜劇），這又將如何解釋呢？

（三）馬羅曾譯羅馬詩人奧維德（Ovid）的〈輓歌〉（Elegies）二千餘行，又曾譯羅馬詩人盧肯（Lucan）的史詩〈發賽利亞〉（Pharsalia）第一章六百九十四行。莎士比亞則始終未曾譯過古典文學。

（四）〈海羅與連達〉（Hero and Leander），根據一般文學史的記載，共分六章，凡二千三百七十六行，一五九八年出版；其中前二章，八百十八行為馬羅所寫，而後四章一千五百五十八行為當時的詩人兼荷馬史詩名譯者的蔡普曼（George Chapman）所續，第三章的卷首且有蔡普曼獻給湯默斯・華興安夫人的題辭。如果一五九八年馬羅尚未「死」，則何須蔡普曼來續成他的傑作？如馬羅佯死後確係用莎士比亞為筆名，則〈海羅與連達〉一詩何以不是馬寫莎續？

（五）馬羅的詩劇都是用「無韻體」（blank verse）寫成，此點和莎士比亞的詩劇相同。但是馬羅劇中絕無短篇抒情詩的穿插，而莎士比亞的喜劇中短歌頗多；馬羅的文字往往是行末句完意亦盡（所謂 end-stopped line，極受「英雄式雙行體」的影響），莎翁的「無韻體」在行末似乎稍多「懸宕」之妙（所謂 run-on line）。馬羅所寫的押韻詩均為「英雄式雙行體」，甚至所譯奧維德之〈輓歌〉亦用此體，唯一的例外是他僅有的一首短詩〈多情的牧人贈所歡〉（The Passionate Shepherd to His Love），也還是逃不了AA，BB的雙行體的押韻方式，雖然已經縮成了「抑揚四步格」（iambic tetrameter）。莎翁的押韻詩則除了十四行詩外，尚有四首長詩及許多短篇抒情詩，其押韻方式絕非雙行體。

（六）馬羅的詩熱情奔放，雄渾之至，班江生（Ben Jonson）所謂 Marlowe's mighty line 是也，但是他缺乏莎翁的幽默、喬麗、柔婉，和豐贍。一般作家形容莎翁，多用 sweet 一詞，此與形容馬羅時慣用的 mighty 顯然頗不相同。

以上六點自然絕非證明「莎翁非馬羅」的充份證據，但似乎已足使我們深深懷疑霍夫曼的大膽假設。筆者相信華興安爵士古墓的發掘將推翻霍夫曼的學說，而證實梁實秋先生的見解。

四十五年元月廿七夜

中國的良心——胡適

當代中國最具影響力的學者胡適死了。對於中國的文化界說來，這是異常重大的損失。對於胡先生本人來說，我毋寧慶幸他死得其所。在動盪的中國文化界，能像胡先生這樣忠於自己的信仰且堅其晚節的學者，太少太少了。在今日的自由中國，罵胡適是一件最安全的出風頭的事。有人說他對大陸淪陷應該負責，有人說他是中國人的恥辱，有人罵他是學閥，有人甚至主張把他空投大陸。在海峽對面，不用說，他成了紅色中國全力攻擊的對象，因為他的思想是極權主義的致命傷。「我的敵人胡適之」和「我的朋友胡適之」同樣流行於中國的文化界。一個手無寸鐵的學者，竟能造成舉國友之甚至舉國敵之的局面，在現代中國，還是絕無僅有的例子。事實上，才高於胡適者有之，學富於胡適者有之，國際聲譽隆於胡適者有之（如林語堂及李，楊）。然而胡適在中國文化界何以如此重要呢？此無他，胡適是思想界的一個領袖，他言行一致，貫徹始終，而且用極其淺近明暢的白話來表達他的思想。仇胡派指控他抑孔崇洋，造成思想上的混亂，乃使共產主義乘虛而入。請看今日「讀聖賢書」的人，有的附從共產政權，作倀唯恐不力，有的遁跡花旗樂土，避秦唯恐不遠。胡適何適？他以古稀之年迢迢來歸，雖然在學問上並無滿意的成就，總算把這把老骨頭光榮地埋在自由中國的孤島上。請問這算不算愛國？請問這難道是「個人主義」？請問這是否敢負責任的儒家精神？

胡適已經死了。可以想像得到的是，親痛仇快，棺已蓋而論未定。我敢相信，歷史的定論將是正面的。胡適是現代中國自由思想的領袖，也是現代化運動的一大功臣。沒有胡適，我們眼前偏見之霧將更濃。沒有胡適，我們和民主的距離將更遠。沒有胡適，我們的教育將更不現代化，更不普及。時至今日，我們最需要的仍然是科學與民主，因為科學並不等於原子爐或電視，民主也並不等於選舉或罷免。有人斤斤計較，要憑信史溯五四運動之源。事實上這於胡適有何損？可貴的不是誰先創始，而是誰最堅持不移，誰最具影響力量。

胡適的影響遍及整個文化界。此處我想縮小範圍，僅論其文學的一面。在這方面，他的貢獻是不可磨滅的。罵胡適的人，必須用白話文，才能使別人了解。胡適鼓吹白話文學，使文字與語言再度結合，乃年輕了久已暮氣沉沉的中國舊文學。此舉可以比之歐洲的文藝復興和華茲華斯的反古典運動。然而胡適在中國文學的地位並不足以比擬但丁或華茲華斯。本質上他是一個改革家、運動家，不是一個作家。固然，他也寫新詩和散文，可是在他的作品中，思想傳達的成分仍濃於藝術的創造，亦即說明多於表現。他主要是一個思想家；他的新詩充其量像愛默生或梭羅的作品，但缺乏前者的玄想及後者的飄逸，不，有時候他的新詩只是最粗淺的譬喻而已：

我大清早起；
站在人家屋角上啞啞的啼。
人家討厭我，說我不吉利——
我不能呢呢喃喃討人家的歡喜。

像這樣的一首詩，在藝術上的評價實在很低，儘管它可以被引用來印證胡適的思想或人生態度。胡適在詩中用了一點起碼的象徵，可是這種象徵是淺近而現成的，不耐咀嚼，像是蓋在思想上的一層玻璃，本身沒有什麼可觀。又如下面的一首：

山下綠叢中，
露出飛簷一角，
驚起當年舊夢，
淚向心頭落。
對他高唱舊時歌，
聲苦無人懂——
我不是高歌，
只是重溫舊夢。

其中的措辭與節奏，實在都是陳舊的，最多只是較自由的舊詩。事實上，五四時代的新詩人們，雖然有志推行新詩運動，但一方面由於對舊詩欠缺透視的距離，對西洋詩尚未認識清楚，而另一方面，以白話為基礎的新語文尚未演變成熟，是以當時的新詩只是半舊不新的過渡時期的產物，作文學史的資料則可，作美感的對象就勉強了。一直要到徐，何，卞，李，馮，戴諸人，新詩才算進入美的範圍。是以五四的新詩運動，本質上是語言的，不是藝術的，而胡適等人在新詩方面的重要性也大半是歷史的（historical），不是美學的（aesthetic）。在今日的自由中國，幾乎任何新詩人的作品都超越了《嘗試集》。可是文學是漸漸發展而成的，不是無中生有的，沒有胡適的努力，怎能有今日的自覺與成就？反過來說，置我們於五四時代，我們的作品也許還不如《嘗試集》。何況胡適的活動初不限於新詩一隅，他的成就是全文化的。

無疑地，胡適先生是一個偉人。可是過分崇拜偉人和盲目詆毀偉人，是同樣地有害的。偉人而成為偶像，則其偉大性已經變質，於本人，於社會，都很不利。攻擊胡適者，動機複雜，風度各異，不必詳述。但是「捧」他的人有時也未免過分了。把他的新詩登了又登，把他的隻字片言當做廣告利用，把他的軼事傳了又傳，甚至譬他為大詩人，大作家，甚至推他去應徵諾貝爾獎金（雖然比推別的一些人要切題得多），就似乎「走得太遠了」。而胡先生本人呢，在文學欣賞上，如果不是不夠深刻，至少也是相當隨便。例如對於某些小說，胡先生實在不必捧場。在胡先生不過是聊表鼓勵，甚至不願掃興，可是一言既出，為天下法，就苦了那些「愛好文藝」的中學生了。胡先生的毛病，在於對文學的要求僅止於平易，流暢，明朗。這要求太寬了。太起碼了。這些性質原不失為文學作品的美德，可是那應該是透過深刻的平易，密度甚大的流暢，超越豐富的明朗。胡先生的散文實優於詩，他的譯文也很清新，只是他的散文仍是思想家的散文，宜於議論，不宜於把握美感經驗。

然而胡先生畢竟是民主的鬪士，思想的長城，學界的重鎮，中國現代化運動的敲打樂器，新文學運動的破冰船。和這種人同一時代是幸運，也是光榮。我也曾有過罵他的衝動，直到去年春天，在一個可紀念的場合我見到了他，見到了他那自然而誠懇的風度，我很感動。我為他的死難過。中國的苦難正深，偏見猶濃，胡適死了，民族的良心將跳得更弱。可是，當一個軍閥、一個政客死時，他是完完全全地死了；當一個真正的學人死時，正是他另一生命的開始。

五十一年二月廿六日

美國詩壇頑童康明思

美國現代詩壇有一個永遠長不大的潘彼德（Peter Pan），從一九二三年起就不曾長大過，可是雖然永不長大，現在卻已死了。他的名字也挺帥的，橫著寫，而且是小寫，你看過就不會忘記。那就是 e.e. cummings。

爵士時代的幾個代言人，現在都死得差不多了。漢明威是一個。格希文（George Gershwin）是一個。詹姆斯・狄恩是一個。現在輪到了康明思。這些人，有一個共同的特點，有一副滿是矛盾的性格——他們都是看來灑脫，但很傷感，都有幾分浪子的味道，都滿不在乎似的，神經兮兮的，落落寡合的，而且呢，都出奇的憂鬱，憂鬱得令人傳染。就是這麼一批人。

康明思似乎永遠長不大，正如艾略特似乎永遠沒年輕過——艾略特一寫詩就是一個老頭子，至少是一個未老先衰的青年，從〈普魯夫洛克的戀歌〉起，他就一直老氣橫秋的。康明思似乎一直沒有玩夠，也沒有愛夠。我不是說他沒有成熟，我是說他一直看來年輕，經老。在這方面，他令我們想起了另一位偉大的青年詩人——來自王子之國威爾斯的現代詩王子狄倫・湯默斯。比較起來，湯默斯豪放些，深厚些，康明思飄逸些，尖新些。湯默斯像刀意飽酣的版畫，康明思像線條靈俐的幾何構圖。批評家曾把現代雕塑的柯德爾（Alexander Calder）來比擬現代詩的康明思。柯德爾那種心機玲瓏的活動雕塑（mobiles）也的確有點像康明思的富於彈性的精巧的詩句，兩者都是七寶樓臺，五雲掩映，耐人賞玩。

事實上，康明思的詩和現代藝術確有密切的關係。像布雷克、羅賽蒂、葉慈、高克多一樣，他也是詩畫兩棲的天才。他生前一直希望別人知道他「是」（而非「也是」）一位畫家，且數度舉行個展。他的全名是愛德華・艾斯特林・康明思（Edward Estlin Cummings, 1894-1962）。他的生日是十月十四日。他的家庭背景很好，父親是哈佛大學英文系的講師，其後成為有名的牧師，而小康明思也就出生在哈佛的校址，麻省的劍橋。一九一六年，他獲得哈佛的文學碩士學位，不久就隨諾頓・哈吉士野戰救護隊去法國服役。一位新聞檢查官誤認他有通敵嫌疑，害他在法國一個拘留站（康明思直截了當管它叫「集中營」）中監禁了三個月。這次不愉快的經驗後來成為他的小說《巨室》（*The Enormous Room*）的題材。從那拘留站釋放出來，康明思立即自動加入美國的陸軍，正式作戰。第一次大戰之後，他去巴黎學畫，之後他一直往返於巴黎和紐約之間，做一個職業的畫家，同時也漸漸成為一位頂尖兒的現代詩人。一九二五年，他得到「日晷儀」文學獎。一九五四年，哈佛母校聘請這位老校友回去，主持有名的「諾頓講座」（Charles Eliot Norton Lectures at Harvard）。這個講座在學術界的地位很高，大作曲家史特拉夫斯基和考普蘭都曾經主持過。

多才的康明思曾經出版過一冊很絕的畫集，叫做 *CIOPW*。原來這五個大寫字母正代表集中的五種作品——C代表炭筆畫（Charcoal），I代表鋼筆畫（Ink），O代表油畫（Oil），P代表鉛筆畫（Pencil），W代表水彩畫（Watercolor）。兼為畫家的康明思，他的詩之受到現代畫的影響，是必然的。現代藝術最重要的運動之一，畢卡索和布拉克倡導的立體主義，將一切物體分解為最基本的幾何圖形，在同一平面上加以藝術的重新組合，使它們成為新的現實。這種藝術形式的革命，在現代詩中，經阿波里奈爾的努力，傳給了美國的麥克利希、雷克斯勒斯（Rexroth）和康明思。在現代詩中「立體主義」指各殊的意象和敘述，以貌若混亂而實經思考的方式，呈現於讀者之前，使其形成一篇連貫的作品。詩人運用這種方式，將經驗分解為許多元素而重新組合之，正如畫家將物體分解一樣。

康明思則更進一步，大膽地將詩的外在形式也「立體化」了。我把他叫做「排版術的風景畫家」（typographical landscape painter），或是「文字的走索者」（verbal acrobat）。頑童之名，蓋由此而來。在此方面，他的形式是與眾不同，獨出機杼的。例如他把譯為「我」的I寫成i，又把傳統詩每行首字的大寫改成小寫，起初曾使批評界譁然。事實上這並沒有什麼值得大驚小怪。在中國詩裡，「我」字本來就無所謂大寫不大寫。我們也從不將「孔雀東南飛，五里一徘徊」中的「孔」字和「五」字大寫。其次，在這種「立體派」的作風下，康明思復把文字的拼法自由組合或分解，使它們負擔新的美感使命，而加強文字的表現力和句法的彈性。例如他把 mankind 改成 manunkind 。把神鎗手連發五彈的動作連綴成 onetwothreefourfive ，以加強快速的感覺。把 most people 連綴成 mostpeople ，以代表那些鄉愿式的「眾人」。下面一個例子，最能代表他這方面的風格。原意該是 Phonograph is running down, phonograph stops.（唱機要停了，唱機停止。）結果被他改寫成：

pho
nographisrunn
ingd o w, n phonograph
stopS.

這種形式，看起來不順眼，但是讀起來效果很強，多讀幾遍，便會習慣的。讀者請原諒我不得不直接引用英文，因為翻譯是不可能的。

又例如在〈春天像一隻也許的手〉（spring is like a perhaps hand）中，他將同樣的字句，時而置於括弧內，時而置於括弧外，時而一行排盡，時而拆為兩行，時而略加變更次序，造成一個變動不已的效果，令人想起立體主義繪畫中的陰陽交疊之趣。

其次，康明思往往打破文法的慣例和標點的規則，以增進表現的力量。他往往變易文字的詞類，為了加強感覺，例如在〈或人住在一個很那個的鎮上〉（anyone lived in a pretty how town）之中，便有許多這樣的手法：

anyone lived in a pretty how town
(with up so floating many bells down)
spring summer autumn winter
he sang his didn't and he danced his did.
Women and men (both little and small)
cared for anyone not at all
they sowed their isn't they reaped their same
sun moon stars rain

此處的「或人」（anyone）當然可以視為任何小鎮上的小人物。「春夏秋冬」連寫在一起，當然是指「一年到頭」的意思。「他唱他的不曾，他舞他的曾經」，是非常有趣的創造。「不曾」令人難忘，故唱之；「曾經」令人自豪，故舞之。而此地的「不曾」和「曾經」在英文文法中，原來都是助動詞，但均被用做名詞，就加倍耐人尋味，且因掙脫文法的枷鎖，而給人一種自由、新鮮的感覺。第二段中的 isn't 也是同工的異曲。「日月星雨」應該是指「無論晝夜或晴雨」。全詩一共九段，給人的感覺是淡淡的悲哀和寂寞，因為一切都是抽象的。

喬艾斯和史泰茵女士在小說中大量運用的意識流技巧，康明思在詩中亦曾採用，有時也相當成功。例如上面所舉「或人住在一個很那個的鎮上」的第一段中，**with up so floating many bells down** 一行，實際上只是意識流的排列次序，正規的散文次序應該是 **with so many bells floating up (and) down.**。可是前者遠比後者能夠表現鈴鐺上下浮動時那種錯綜迷亂的味道。

康明思的作品，除了前面提起過的大戰小說《巨室》和畫集 *CIOPW* 外，還有詩集 *Tulips and Chimneys*（1923）、*XLI Poems*（1925）、*is 5*（1926）、*ViVa*（1931）、*No Thanks*（1935）、*1 × 1*（1944）等多種。此外，他尚有劇本《他》（*him*, 1927），

芭蕾劇《湯姆》（*Tom*, 1935），及寓意劇《聖誕老人》（*Santa Claus: A Morality*, 1946）。

大致上說來，康明思的詩所以能那麼吸引讀者，是由於他那種特殊而天真的個人主義，和他那種獨創的嶄新的表現方式。前者使他勇於強調個人的自由與尊貴，到了童稚可愛的程度。在僵硬了的現代社會中，這種作風尤其受到個別讀者的熱烈歡迎。他曾說，政客只是「一個屁股，什麼都騎在上面，除了人。」（**an arse upon/Which everything has sat except a man.**）後者使他成為一個毀譽參半的詩人；許多讀者看不順眼的，正是另一些讀者喜歡得入迷的排版上的「怪」。事實上，「看不順眼」的排版方式，往往可以「聽得入耳」，因為那種方式原是便於誦讀，不是便於閱覽的。

這些「怪詩」，可以分成兩類。一類是抒情詩，或詠愛情，或詠自然。另一類是諷刺詩，或抒發輕鬆的機智，或作嚴厲的攻擊。後者反映美國的現實，比較有區域性，不易為外國讀者欣賞。前者精美柔麗，輕若夏日空中的遊絲，巧若精靈設計的建築，真是裁雲縫霧，無中生有，匪夷所思。春天和愛情是這類詩中的兩大主題。春天死了，還有春天。情人死了，還有情人。歌頌春天和愛情的詩，其感染性普遍而持久，所以能令外國讀者和後世讀者也怦然心動。康明思的情詩，寫起來飄飄然，翩翩然，輕似無力，細似無痕，透明而且抽象，可是，真奇怪，卻能直叩心靈，感染性非常強烈。一旦讀者征服了形式上的怪誕，他將會不由自主地再三低吟那些催眠的詩句，且感到解開密碼後豁然開朗的喜悅。對於康明思，生命是一連串漸漸展露的發現，「恆是那美麗的答案，問一個更美麗的問題。」對於他，愛情是無上的神恩，是「奇妙的一乘一」。在〈我從未旅行過的地方〉（somewhere i have never travelled）一詩中，有下面的兩段，可以代表這類詩的風格：

你至輕的一瞥，很容易將我開放
雖然我關閉自己，如緊握手指
你恆一瓣瓣解開我，如春天解開
（以巧妙神祕的觸覺）她第一朵薔薇
若是你要關閉我，則我和
我的生命將闔攏，很美地，很驟然地

正如這朵花的心臟在幻想
雪片啊小心翼翼地四面下降

透過奇特的形式，透過那一些排版術上的怪癖，透過那些令淺嘗輒止的讀者們望而卻步的現代風貌，我們不難發現，儘管康明思是現代詩最出風頭的前衛作家之一，他的本質仍是傳統的，浪漫的，幾乎到傷感的程度。事實上，許多現代作家的「硬漢姿態」只是他們溫柔氣質的掩飾。康明思的追隨者雖多，他畢竟不是現代詩的主流。他不是一個深刻的思想家，他的接觸面頗有限制，他的分量也不夠重，可是他那天真可喜的個人主義，他那多彩多姿萬花筒式的表現技巧，和他那種至精至純的抒情風味，使他成為現代詩中一條美麗活潑的支流。讀者翻開葉慈和艾略特的詩集，為了尋找智慧和深思，但是他為了喜悅和享受，翻開康明思的作品，就像他為了喜悅和享受，去凝望杜菲或米羅的畫一樣。康明思也有一些過分做作以至於淪為字謎的試驗品，可是一位詩人，一生只要留下一兩打完美無憾的傑作，也就夠了。許多三流作者，只學到他繽紛的外貌，沒有把握到他純淨如水透明如玻璃的抒情天才，浪費藍墨水罷了。詩壇究竟不是動物園。動物園裡不妨有幾隻同類的奇禽異獸，詩壇只能有一個康明思啊。

頑童不再邋鞦韆了，鞦韆架空在那裡。讓我們吹奏所有的木管樂器，送他到童話的邊境。

五十一年九月

死亡，你不要驕傲

六十年代剛開始，死亡便有好幾次豐收。漢明威。福克納。胡適。康明思。現在輪到佛洛斯特。當一些靈魂如星般升起，森森然，各就各位，為我們織一幅怪冷的永恆底圖案，一些軀體像經霜的楓葉，落了下來。人類的歷史就是這樣：一些軀體變成一些靈魂，一些靈魂變成一些名字。好幾克拉的射著青芒的名字。稱一稱人類的歷史看，有沒有一斗名字？就這麼俯踐楓葉，仰望星座，我們愈來愈寂寞了。死亡，你把這些不老的老頭子摘去做什麼？你把胡適摘去做什麼？你把佛洛斯特的銀髮摘去做什麼？

見到滿頭銀髮的佛洛斯特，已是四年前的事了。在老詩人皚皚的記憶之中，想必早已沒有那位東方留學生的影子。可是四年來，那位東方青年卻常常記掛著他。他的名字，幾乎沒有間斷地出現在報上。他在美國總統的就職大典上朗誦〈全心的贈與〉（The Gift Outright）；他在白宮的盛宴上和美麗的傑克琳娓娓談心；他訪俄，他訪以色列。他在這些場合的照片，常出現在英文的刊物上。有一張照片——那是世界上僅有的一張——在我書房的牆上俯視著我。哪，現在，當我寫悼念他的文章時，他正在望我。在我，這張照片已經變成辟邪的靈物了。

那是一九五九年。八十五歲的老詩人來我們學校訪問。在那之前，佛洛斯特只是美國現代詩選上一個赫赫有聲的名字。四月十三號那天，那名字還原成了那人，還原成一個微駝略禿但神采奕奕的老叟，還原成一座有彈性的花崗岩，一株仍然很帥的霜後的銀樺樹，還原成一齣有幽默感的悲劇，一個沒忘記如何開玩笑的斯多伊克。

那天我一共見到他三次。第一次是在下午，在愛奧華大學的一間小教室裡。我去遲了，只能見到他半側的背影。第二次是在當晚的朗誦會上，在擠滿了兩千聽眾的大廳上，隔了好幾十排的聽眾。第三次已經夜深，在安格爾教授的家中，我和他握了手，談了話，請他在詩集上簽了名，而且合照了一張像。猶記得，當時他雖然頗現龍鍾之態，但顧盼之間，仍給人矍鑠之感，立談數小時，仍然注意集中。他在《佛洛斯特詩集》（*The Poems of Robert Frost*）的扉頁上，為我題了如下的字句：

For Yu Kwang-chung
from Robert Frost
with best wishes to Formosa
Iowa City, Iowa, U.S.A. 1959

寫到 Formosa 時，老詩人的禿頭派克筆尖曾經懸空不動者片刻。他問我，「你們平常該用 Formosa 或是 Taiwan？」我說，「無所謂吧。」終於他用了前者。當時我曾拔出自己的鋼筆，遞向他手裡，準備經他用後，向朋友們說，曾經有「兩個大詩人」握過此管，說「綵筆昔曾干氣象，白頭今望苦低垂」。可惜當時他堅持使用自己的一枝。後來他提起學生葉公超，我述及老師梁實秋，並將自己中譯的他的幾首詩送給他。

我的手頭一共有佛洛斯特四張照片，皆為私人所攝藏。現在，佛洛斯特巨大的背影既已融入歷史，這些照片更加可貴了。一張和我同攝，佛洛斯特展卷執筆而坐，銀絲半垂，眼神幽淡，像一匹疲倦的大象，比他年輕半個世紀的中國留學生則侍立於後。一張是和我，菲律賓小說家桑多斯，日本女詩人長田好枝同攝；老詩人歪著領帶，微側著頭，從懸岩般的深邃的上眼眶下向外矍然注視，像一頭不發脾氣的老龍。一張和安格爾教授及兩位美國同學合影，老詩宗背窗而坐，看上去像童話中的精靈，而且有點像桑德堡。最後的一張則是他演說時的特有姿態。

佛洛斯特在英美現代詩壇上的地位是非常特殊的。第一，他是現代詩中最美國的美國詩人。在這方面，唯一能和他競爭的，是桑德堡。桑德堡的詩生動多姿，富於音響和色彩，不像佛洛斯特的那麼樸實而有韌性，冷靜，自然，剛毅之中帶有幽默感，平凡之中帶有奇異的成分。桑德堡的詩中伸展著浩闊的中西部，矗立著芝加哥，佛洛斯特的詩中則是波士頓以北的新英格蘭。如果說，桑德堡是工業美國的代言人，則佛洛斯特應是農業美國的先知。佛洛斯特不僅是歌頌自然的田園詩人，他甚至不承華茲華斯的遺風。他的田園風味只是一種障眼法，他的區域情調只是一塊踏腳石。他的詩

「興於喜悅，終於智慧」。他敏於觀察自然，深諳田園生活，他的詩乃往往以此開端，但在詩的過程中，不知不覺，行若無事地，觀察泯入沉思，寫實化為象徵，區域性的擴展為宇宙性的，個人的擴展為民族的，甚至人類的。所謂「篇終接混茫」，正合乎佛洛斯特的藝術。

有人曾以佛洛斯特比惠特曼。在美國現代詩人之中，最能繼承惠特曼的思想與詩風者，恐怕還是桑德堡。無論在汪洋縱恣的自由詩體上，擁抱工業文明熱愛美國人民的精神上，肯定人生的意義上，或是對林肯的崇仰上，桑德堡都是惠特曼的嫡系傳人。佛洛斯特則不盡然。他的詩體恆以傳統的形式為基礎，而衍變成極富彈性的新形式。儘管他能寫很漂亮的「無韻體」（blank verse）或意大利式十四行（Italian sonnet）其結果絕非效顰或株守傳統，而是迴盪著現代人口語的節奏。然而佛洛斯特並不直接運用口語，他在節奏上要把握的是口語的腔調。在思想上，他既不像那位遁世唯恐不遠的傑佛斯那麼否定大眾，也不像惠特曼那麼肯定大眾。他信仰民主與自由，但警覺到大眾的盲從與無知。往往，他寧可說「否」（nay）而不願附和。他反對教條與專門化，他不喜工業社會，但是他知道反對現代文明之徒然。在一個混亂而虛無的時代，當大眾的讚美或非難太過分時，他寧可選擇一顆星的獨立和寂靜。他總是站在旁邊，不，他總是站得高些，如梭羅。有人甚至說他是「新英格蘭的蘇格拉底」（Yankee Socrates）。

其次，在現代詩中，佛洛斯特是一個獨立的巨人。他沒有創立任何詩派。他沒有康明思或史蒂文斯（Wallace Stevens）那種追求新形式的興趣，沒有桑德堡或阿咪・羅蕙爾（Amy Lowell）那種反傳統的自信，沒有史班德或奧登那種左傾的時尚，更缺乏艾略特那種建立新創作論的野心，或是湯默斯（Dylan Thomas）那麼左右逢源的超現實的意象。然而在他的限度中；他創造了一種新節奏，以現代人的活語言底腔調為骨幹的新節奏。在放逐意義崇尚晦澀的現代詩的氣候裡，他擁抱堅實和明朗。當絕大多數的現代詩人刻意表現內在的生活與靈魂的獨白時，他把敘事詩（narrative）和抒情詩寫得同樣出色，且發揮了「戲劇性獨白」（dramatic monologue）的高度功能。

最後，就是由於佛洛斯特的詩從未像別的許多現代詩一樣，與自然或社會脫節，就是由於佛洛斯特的詩避免追逐都市生活的紛紜細節，避免自語而趨向對話，他幾乎變成現代美國詩壇上唯一能藉寫詩生活的作者。雖然在民主的美國，沒有桂冠詩人的設置，但由於艾森豪聘他為國會圖書館的詩學顧問，甘迺迪請國會通過頒贈他一塊獎章，他在實際上已是不冠的詩壇祭酒了。美國政府對他的景仰是一致的，而民間，大眾對他也極為愛戴。像九繆思的爸爸一樣，顫巍巍地，他被大學生，被青年詩人們捧來捧去，在各大學間巡迴演說，朗誦，並討論詩底創作。一般現代詩人所有的孤僻，佛洛斯特是沒有的。佛洛斯特獨來獨往於歡呼的群眾之間，他獨立，但不孤立。身受在朝者的禮遇和在野者的崇拜，佛洛斯特不是呼之即來揮之即去的御用文人，也不是媚世取寵的流行作家。美國朝野敬仰他，正因為他具有這種獨立的敢言的精神。當他讚美時，他並不縱容；當他警告時，他並不冷峻。讀其詩，識其人，如攀雪峰，而發現峰頂也有春天。

在他生前，世界各地的敏感的心靈都愛他，談他。佛洛斯特已經是現代詩的一則神話。上次在馬尼拉，菲律賓小說家桑多斯還對我說：「還記得佛洛斯特嗎？他來我們學校時，還跟我們一塊兒照相呢！」回到臺北，在第一飯店十樓的漢宮花園中，又聽到美國作家史都華對中國的新詩人們說：「佛洛斯特是美國的大詩人，他將不朽！」

在可能是他最後的一首詩（一九六二年八月所作的那首 The Prophets Really Prophesy as Mystics/The Commentators Merely by Statistics）中，佛洛斯特曾說：

人的長壽多有限

是的，現代詩元老的佛洛斯特公公不過享了八八高齡，比狄興和蕭伯納畢竟還減幾歲。然而在詩人之中，能像他那麼老當愈壯創作不衰的大詩人，實在寥寥可數。現在他死了，為他，我們覺得毫無遺憾。然而為了我們，他的死畢竟是自由世界的不幸。美國需要這麼一位偉人，需要這麼一位為青年所仰望的老人，正如一世紀前，她需要愛默生和林肯。高爾基論前輩托爾斯泰時，曾說：「一日能與此人生活在相同的地球上，我就不是孤兒。」對於佛洛斯特，正如對於胡適，我們也有相同的感覺。

五十二年一月三十一日

繆思的偵探——介紹來臺的美國作家保羅．安格爾

「如果雪萊今日出現在愛奧華大學，像目前許多英國詩人一樣，他的才氣將獲得賞識，且受到鼓勵；像他當日被牛津大學開除，那種情形是無法想像的。」美國州立愛奧華大學詩與小說創作班班主任保羅．安格爾教授（Prof. Paul Engle）在《內陸》（*Midland*）一書的序文中，這麼寫過。

一個半世紀以前，牛津大學一座攀滿了常春藤的古老磚房之中，一位不快樂的天才寫了一本小冊子，《無神論的必要性》（*The Necessity of Atheism*）。事情被大學當局發現，他便被開除了。一個半世紀之後的今天，這位「不良少年」的詩在該校的文學課程之中，成為必讀作品。他的名字便是雪萊。一百多年來，這種凍結天才的學府冷

氣，並未有多少改善。在大學的紅磚牆中，一個創造的靈魂仍然缺乏應有的引導和鼓勵，不論那牆上攀的是常春藤、蛇麻草、牽牛花、野葛，或者（像臺灣大學那樣）什麼都沒有攀爬。有時候，那道牆高得連繆思的天馬（Pegasus）也飛不進去。有時候，飛進去了又被逐了出來。

在大學裡，如果你對文學以外的藝術富有創造的雄心，你可以進音樂院、畫室，或戲劇學校，可是如果你志在詩或小說，在通常的情形下，沒有人會給你指導或鼓勵。所謂教授，往往只是一種鑽研的動物，一種寄生在偉大靈魂上的小頭腦，患著嚴重的「才盲症」（genius blindness）。這種動物所津津樂道的是米爾頓和王爾德，但是當一個年輕的米爾頓或王爾德就坐在他們的粉筆射程之內時，他們會盲目得認不出來。

這種情形，今日在歐洲大陸仍然非常普遍。在美國，由於一些先知心靈的努力，和開明的學校的注意，已經漸漸有了變化。近二十多年來，已經有若干美國大學開出正式的創作課程，讓一些具有文學創造潛能的青年自由選讀，並憑藉一卷詩，一本小說，即可取得高等的學位。州立愛奧華大學正是這種文化先驅之一，而近廿年來主持該大學的文學創作班的，正是安格爾教授。

安格爾教授是一個高高瘦瘦的中年人。機智和幽默感從他兩隻灰藍色的眸中溢出，凝聚在微微翹起的鼻尖上。也許那鼻尖太尖了一點，它們又滑了下來，漾成嘴角的一圈微笑。從外表上看，安格爾並不像一位教授。他的衣著非常隨便，甚至在教室裡上課時，也只穿套頭的灰青色毛線衣，和磨得發白的藍色工作褲。他的英語說得低而快，和元月間來臺灣訪問的史都華形成對照。

今年安格爾已經五十五歲了。他出身於以農立州的愛奧華農人之家。他的祖父和外祖父都是南北戰爭的老兵。從小他曾經在街頭賣報，也做過搬運小工、雜貨店伙計、司機，和園丁。一度他研讀神學，而且佈過道。一九三二年，他得到愛奧華大學的文學碩士學位，畢業論文是一卷詩，叫《疲憊的大地》（*Worn Earth*）。這也許是以創作獲得大學研究院學位的最早先例，而且使作者榮獲該年度「耶魯文叢青年詩人獎」。其後他曾在哥倫比亞大學讀英國文學和人類學。一九三三至一九三六年間，他又去英國的牛津讀研究院。在歐洲時，他遊蹤很廣，曾經遍歷英國各地，並且遠及瑞典，烏克蘭，和意大利的西西里島。一九三七年，安格爾回到美國北部的母校愛奧華大學任教，不久便主持現已聞名國際的詩和小說創作班。

這種創作班在文學教育中尚是空前的創舉。凡進入該班學習以英文創作詩或小說的青年，必須具備大學畢業的資格，且提出自己的英文詩或短篇小說。獲得通過後，他可以申請修讀「藝術碩士」（Master of Fine Arts）學位，自己安排一套相當於六十學分的課程。課程內容十分自由：你可以全部限於文學，甚至選修藝術系、戲劇系、或音樂系的課。總之你得修滿六十個學分；有時，文學名著的翻譯或者在大學教書的資歷也可以充一部分學分。至於畢業論文的性質，更是自由廣闊，且鼓勵創作。一九五九年夏天，和我同屆畢業的美國同學，他們的論文有的是詩集，有的是短篇小說，有的是「石濤的作品與理論」，有的是「都市計劃的理論與實際」，有的是「畢卡索作品中的古典神話」，有的是「白萊克的實驗性印刷」，有的是「二十世紀的雕塑」。

至於創作班本身上課的情形，是再輕鬆自由不過的。來自美國各州和世界各國的男女青年作家坐成一個馬蹄形，安格爾便坐在馬蹄的缺口。大家膝上攤開藍色的油印詩稿，由安格爾逐首批評。有時被評的學生也會發言自衛，幾乎全盤否定教授的講解。有時學生們因對一首詩的評價有異而分成兩派，自管自地辯論了起來，馬蹄口的教授反而在一旁觀戰。學生之中，不少在本國早是知名的作家，對於教授的批評自然未能盡服。例如菲律賓的學生桑多斯早已是菲律賓第一流的詩人與小說家，甚且做過該國萊加斯皮學院的院長；有一次便和安格爾爭論起來，用安格爾自己的語氣和口頭禪，把安格爾調侃得啼笑皆非，「大快人心」。

可是平常，班上的氣氛總是融洽而愉快的。學生的國籍，用叢甦小姐的話來說，多得可以組一個小型的聯合國。我們的同學來自中國、南韓、日本、菲律賓、愛爾蘭、英國、加拿大、澳洲，和印度。美國同學之中，有的已經成名，例如史納德格拉斯（W. D. Snodgrass）後來便獲得一九六〇年的普利澤詩獎，青出於藍，在美國的聲名乃凌駕老師之上。更早的學生名單中，更閃動著威廉姆斯（Tennessee Williams），賈里格（Jean Garrigue）和海克特（Anthony Hecht）的名字。創作班教授的陣容，也曾經包括了華倫（Robert Penn Warren）、薩比洛（Karl Shapiro）和羅威爾（Robert Lowell）等一流詩人和小說家。目前正在班上的中國學生有葉維廉、白先勇、洪智惠。即將去讀書的還有王文興。

安格爾在美國文壇的活動範圍很廣。他主要是一個詩人，已經出版了七種詩集，除了《疲憊的大地》以外，還有《美國之歌》，《玉蜀黍》，《午夜以西》，《美國孩子》，《愛的世界》和《讚美的詩》。其中《美國孩子》是一本十四行集，專為他的小女兒而寫。安格爾的太太是一個矮小溫和的女人，他們有兩個女孩，大女孩叫瑪麗，二女孩叫莎拉。此外安格爾還出版了一本小說，《恆是陸地》。其他的活動，包括為歌劇《金黃的孩子》寫詞，為紐約時報和芝加哥論壇報寫書評，在各大學演說，並且主編了一九五四到一九五九年的《奧亨利獎短篇小說》等。

安格爾的興趣相當廣闊，其中包括室內樂、戲劇、歌劇、英美法德的現代詩。他對運動也很愛好：游泳、手球，和騎馬都吸引他。他父親是一個馴馬專家，曾經經營販馬生意。對於馬的喜愛甚至傳給了他的女兒；我至今仍藏有莎拉在雪地上馳馬的照片。

安格爾的好朋友包括麥克利希和已故的佛洛斯特。最推崇的詩人是艾略特、藍波、里爾克；小說家是佛洛貝爾、喬艾斯、卡繆。在《內陸》的序文中，他說，「我們相信的是獨來獨往的天才，而不是人云亦云的平庸。藝術可能成為我們這時代的個人的最後避難所。怒燃著奇才的個人可能比十萬個沒有個性的庸才更有價值。」今年，洛克菲勒基金會請安格爾教授遠來亞洲考察一年，其任務便在發掘這種奇才，這種「默默無聞的米爾頓」（mute inglorious Milton），使他們有機會去美國接受現代文學的教育。

在熱烈歡迎為繆思求才的安格爾教授之餘，我的感慨是憂濃於喜的。喜，因為即將有許多東方的青年作家為他所發現，去太平洋彼岸接受現代的洗禮。憂，因為繼科學天才之後，我們的文學天才似乎也要等待外國來發掘與培養了。安格爾的選擇對象將局限於精通英文的作者。那麼，其他的天才怎麼辦呢？我們自己的賀知章和李邕在哪裡？未來的李白和杜甫啊，你們怎麼辦呢？

五十二年四月十日

簡介四位詩人

四十七年六月一日，藍星詩社在臺北市中山堂舉行《藍星週刊》二百期慶祝會，同時並敦請梁實秋先生主持四十七年度藍星詩獎的頒獎儀式，將楊英風先生設計的優美雕刻頒給得獎人（依筆劃次序）吳望堯、黃用、瘂弦、羅門。此舉的意義至為重大。我們為這四位傑出的詩人慶幸，更為中國新詩的偉大前途感到欣慰。這四位詩人在作品的風格上雖互異其趣，但在藝術的成就上卻各有其不可忽視之處。讀了他們的作品，我們雖不敢說中國新詩的黃金時代已經降臨，但我們相信其令人興奮的消息已經依稀可聞。如果我們認為：不久中國新詩的莎士比亞即將轟轟然日出，則他們至少是他的前驅，至少是薛德尼（Philip Sidney），李黎（John Lyly）和格林（Robert

Greene）之流，甚至於，如果他們努力的話，可以成為史賓塞和馬羅。自由中國的詩壇上，一流的詩人約在十五人左右，這四位作者自然只是其中的一部分。然而減去這四位作者，詩壇的陣容無疑將大為遜色。何況四人加起來尚不滿一百一十歲，未來的藝術修養，人生體驗，與乎風格變化，尚待他們進一步的努力。也許大詩人的桂冠會落在其中一位的華髮之上。「唯有恆者始得繆思之青睞。」這句話在天才創造的藝術世界裡不大可靠。然而吳望堯、黃用、瘂弦、羅門四人，莫不有才；就已具才華的他們而言，這句話仍是可靠的。希望他們都能跑完這長長的馬拉松。以下我擬分就四人的作品略抒一己「印象派的感想」，讀者幸勿以嚴肅的批評視之：

（一）吳望堯：吳望堯相當多產，其作品已經結集者凡三種：即早期的《靈魂之歌》和近期的《玫瑰城》與《地平線》。然而多產並不減低他的創造力。在早期的《靈魂之歌》中，他頗拘泥形式，且耽於官能的感受，缺乏思想的深度。其後在「中副」經常發表長短句，英詩中所謂 ballad 體者，間有佳作，如〈藍色的沙漠〉及〈太陽船〉皆是；然而這些只能算是，正如艾略特所謂的，「宜於詩選的小品」（anthology pieces），還未能充份發揮作者的藝術。吳望堯的「蛻變」（sea-change）始於四十五年，而成形於四十六年。在這段時期裡，他真正找到自己的聲音——一種對於現代世界的敏銳感受，同時卻伴以原始人的野蠻精神，其結果是他的兩大代表作：《力的組曲》和《都市組曲》。《力的組曲》包括他的許多以「者」為題的富於陽剛之美的傑作，它創造了一個充滿了光與熱，色彩與力量的動的世界：

閃電的白臂猛擊著八十八個琴鍵。

小提琴的柔音消逝了，代替它的是鼓、鈸，與號角。這些詩不再是片斷的畫面和曲調，它們提高自己到思想的高度，且蘊含著作者的人生觀甚至宇宙觀了。其中如〈走索者〉、〈伐木者〉、〈騎駝者〉、〈採礦者〉等均為新詩中不可多得的佳作，其風格近於龐德的〈六節詩〉（**Sestina: Altaforte**）和傑佛斯的〈雕刻家〉（**To the Stone-Cutters**）。《都市組曲》包括〈大廈〉等十首雖屬描寫現代都市卻仍不脫史班德所謂的「夢幻的氣質」的一組詩。在這些詩裡，都市的複雜和喧囂，與想像的簡化和超越，形成一強烈的對比。例如在〈銀行〉一詩中，傳統的詩人們所不屑也不敢描寫的阿堵物，錢，竟被作者創造為一個奇美的意象：

龐大的保險庫之地獄鎖著的銀行的靈魂
驕傲的千萬個人所追求的，不屑於一顧窮人的
從冷冰冰而陰沉的，保險庫的大地獄
在大理石的陰陽界上，從鐵絲網的小門
投胎於朱門大腹賈的大口袋中

《希臘古瓶組曲》，我覺得，遠不如《力的組曲》和《都市組曲》；因為希臘的精神，畢竟需要長期地浸淫於古典作品始能把握得住，並非僅憑想像即能攫取。

吳望堯的佳作每有奇氣；在這方面，他是具有「鬼才」的。培根說過：「沒有一個精緻的美不含有奇異的成分。」以之量望堯之詩，是再恰當也沒有了。〈醒睡之間〉一詩中有如此的句子：

四壁牆上有十六隻眼睛在交換眼色
我是被壓在這灰色光的金字塔下的
躺在一方冷寂的沙漠，千年的歲月奔瀉直下

可是，如果我們說望堯的風格只有「野蠻」的一面，那也是不正確的。他也擅於表現柔美的境界；在這一方面，他的風格竟依稀承接了中國的傳統，例如：

昨夜的青苔滑落了少年的夢

又如：

如一個流浪人彳亍於陽光外的古城
而濃霧四起，銅山崩裂了

又如：

而窗外的雨長著銀色的鬍子
有人打著傘，像蕈的精靈
來叩問我飲醉了西風的小樓；
和我講一個森林中小茅屋的故事。

（二）黃用：比其他三位詩人都年輕的黃用，在風格上卻最為矜持而老成。在許多方面，他和吳望堯都形成有趣的對照：吳望堯在本質上是粗獷而險怪的，黃用則細膩而收斂；吳望堯富動感，黃用饒靜趣：吳望堯的詩行是文法家和修辭家的出喪行列，傳統批評家的公墓，黃用的作品，儘管他以「反傳統」為務，卻恆予人以淵源有自，蘊藉深遠的感覺。黃用的創作歷史，前後不過三年，但發展甚速。早期的作品深受何其芳、陳敬容等新詩人和英國浪漫主義的影響，但其感受已頗綿密細緻，並不

「熱情奔放」；水準也較整齊。例如〈世界〉、〈靜夜〉、〈選擇〉等詩，已啟日後「返觀自省」的新古典風味；而〈世界〉之中的兩行：

任我垂首睡去吧，像秋日的穗粒
熟睡在一個永恆的、金黃色的夢裡。

那靜穆，那圓熟，那季節的敏感，簡直令人想起了濟慈。是的，早期的黃用是一個小型的濟慈。

四十六年初春，藍星的部分詩人，如夏菁、吳望堯、黃用，和我自己，在風格上都起了重大的變化。黃用的變化比較和緩；內容上的遠不如形式上的來得劇烈。在節奏的錯落有致，舒展自如，飄逸而且流暢的一面，無可懷疑地，他甚受鄭愁予和林泠的影響。有人甚至戲將他們三人和葉珊、夐虹、白浪萍等納入「婉約派」中。不錯，黃用和他們的風格是有相同之處，但也自有其互異之點。例如鄭愁予的作品往往有一個地域為其描寫的背景，黃用的作品的「發生地點」則比較廣泛；而當鄭愁予的水手刀被葉珊、東陽甚至艾予用鈍了的時候，黃用卻向里爾克借來一面如德國的小湖那麼透明而平靜的鏡子。

說那些袖珍的煩愁只不過是
　孩子氣的笑
怯懦者又留一節不解的環

這一節仍不脫早期的輕愁和淡淡的自傷。等到他寫出：

綠鏡中是我大理石的影子。
——不，沒有誰在岸上
我也不在岸上
我只是那雕像的影子

他才算攫住了所謂「水仙花主義」的新古典精神。在創作論上，黃用否定了「寫景」，「言情」與「詠物」；他的一切作品幾乎都自限於「返觀內省」與「認識真我」的這一點上。此一優點固然可以保持他作品的純度，深度，和高度的集中，但在另一方面也著實限制了他創作的範圍，使得他「戲路甚窄」。事實上，「走索者」不是吳望堯，而是黃用。黃用並不多產，他的創作比較自覺，水準始終保持一個高度，很少突升或驟降。吳望堯則往往盲目飛行，佳作與凡品之間的距離甚大。

——一滴水，凝在葉尖上等待著降落

摘自黃用近作〈後記〉中的這一行詩很能表現作者的精神；一滴渾圓而透澈的雨珠，究竟如何凝聚，如何等待，然後如何以美滿之姿飄然降落，應該是作者創作的全部過程——也是梵樂希、紀德、里爾克的創作的全部過程。

（三）瘂弦：不同於黃用那種「返觀內省」恆以第一人稱為獨白之主角的風格，

瘂弦的抒情詩幾乎都是戲劇性的。艾略特曾謂現代最佳的抒情詩都是戲劇性的，而此種抒情詩之所以傑出也就是因為它是戲劇性的。事實上，艾略特在節奏上的最大貢獻也在他的現代人口語腔調的追求。在中國，他的話應在瘂弦的身上。瘂弦在學校裡是研究戲劇的，其後更有過一段舞臺的經驗；他將自己的戲劇天賦和修養都運用在詩中了。無論小丑、乞丐、水手、賭徒、妓女，甚至土地祠裡的土地公公和海船上的老鼠，在瘂弦的詩中，都得到很鮮活的戲劇性的表現。尤其難得的是：配合著這些小人物的各殊身分，瘂弦更運用了經過鍛鍊的口語腔調。例如在〈馬戲的小丑〉一詩中，那十分可憐的丑角以適合自己身分的諷嘲口吻說道：

仕女們笑著
笑我在長頸鹿與羚羊間
夾雜的那些什麼

而她仍盪在鞦韆上

在患盲腸炎的繩索下
看我像一枚陰鬱的釘子
仍會跟走索的人親嘴
仍落下
仍拒絕我的一丁點兒春天

「一丁點兒春天」象徵小丑卑怯而知趣的求愛，其節奏是現代人的語調，因而也是活的，有生命的，富於彈性的節奏。同樣地，「親嘴」也俗得有趣，如易以「接吻」，反而隔了一層了。

瘂弦的另一特點便是善用重疊的句法。在這方面，我也受了他的影響。事實上，「重覆」（repetition）是詩的一大技巧：疊句，半疊句固然是重覆，腳韻，雙聲，半諧音，行內韻等等也無不是重覆。疊句是一種很危險的形式；用得好，可以催眠，可以加強氣氛，用得不好，反而成為思想貧乏，句法單調的掩飾性的「假髮」。論者或以此為瘂弦之病，不過，據我看來，他的運用大半是很成功的：

遠行客下了馬鞍
說是看見一棵棗樹
結著又瘦又澀的棗子
從頹倒石像的破眼眶裡長出來
結著又瘦又澀的棗子

瘂弦的第三個特色是他的「異域精神」（exoticism）。異國情調如果只是空洞而無靈魂的描寫，則必淪為膚淺的「異國風光」。此風在今日的詩壇上頗為流行，但大半皆係片斷浮泛的寫景，一如抄自地理教科書者。瘂弦對於異國有一種真誠的神往，因而他的作品往往能攫住該地的精神。〈印度〉一詩是他在這方面空前的成就，其感人處已經不限於藝術上的滿足了。

最後，我擬在此一提瘂弦的又一特色——好用典故，且崇拜多神。此處所謂的「神」，是我對大詩人們的戲稱。論者亦有以此為瘂弦之疵者。此點擬待以後另撰專文詳論之；在此我只擬舉艾略特那首「無字無來歷」的〈荒原〉為例，勸批評家們不必為此擔憂。已故詩人楊喚的〈日記〉一詩，一口氣用了五個典，並未壓死作者的才華。

阮囊說瘂弦的詩很「甜」，我同意。這個形容詞得來不易，嘉黎克（David Garrick）以之稱莎士比亞者，亦只是一「甜」（sweet Shakespeare）字耳。

（四）羅門：羅門沒有一點和瘂弦相同，除了深厚的同情，一種動人的人道主義。他對於美與醜，善與惡，真與偽，幸福與痛苦成為強烈對照的世界具有一種悲天憫人的敏感，然而他在本質上卻是一個樂觀主義者，不是一個悲觀主義者。在他的詩集《曙光》的〈前言〉和〈後語〉中，他再三強調詩人不應滿足於現象的捕捉，應該進一步去創造一個溝通人類心靈的完美世界。這一點是羅門創作的基本精神。在作品裡，羅門要表現的永遠是一個抽象觀念，而不是現實世界的景象。他用豐富而活潑的譬喻將這些觀念具體化，其結果不是十七世紀「玄學派詩人」的怪異的意象，而是比較冷靜的古典詩人的明喻和暗喻，例如〈城裡的人〉的末段：

他們擠在城裡，

如擠在一隻開往珍珠港去的「唯利」號大船上，
欲望是未納稅的私貨，良心是嚴正的關員。

我覺得羅門的長詩往往不及他的短詩，因為前者往往有浪漫主義情感奔瀉的傾向，而後者則剪裁得體，有象徵主義的朦朧與含蓄。〈COBE！我心靈不滅的太陽〉和〈加力布露斯〉之中，他用的是對語體，作者向第二人稱的「你」傾訴心中濃厚的感情，因而失卻必要的節制與靜觀。在短詩中，他用的是獨白體，第一人稱於無人處喃喃自語，於無意間為讀者所竊聞，反而更親切真誠。例如〈小提琴的四根弦〉一詩，以四個意象含蓄地暗示了人的一生：

童時，你的眼睛似蔚藍的天庭，
長大後，你的眼睛如一座花園，
到了中年，你的眼睛似海洋多風浪，
晚年來時，你的眼睛成了憂愁的家，

沉寂如深夜落幕後的劇場。

有時羅門的表現略嫌直接和單調，太多的人工的譬喻成平行線的排列，而不作更高一層的交織：

這不朽之船奉上帝的意志啓航
十字架是它黃金的舵
贊美詩是它的搖船曲
聖經是它的航海圖

這些譬喻「工」則工矣，只是太落痕跡。偉大的藝術應該能掩藏自己的技巧。然而羅門在形式上相對的粗拙竟不能遮沒他內容的充實的光輝。論者曾謂狄瑾蓀（Emily Dickinson）具有大詩人的稟賦，但缺乏大詩人的修養，因此她的作品千篇一律地出之以長短句的形式。可是狄瑾蓀的妙趣一半也在她那不羈的意象和拘泥的詩體形成的對照；如果有人試以惠特曼的筆去寫狄瑾蓀的心，那是不可想像的。羅門的詩表現得很直率；比起黃用的矜持而有把握來，他簡直像一個天真的孩子。然而天真畢竟也是可愛的。他是新詩人裡最欠缺舊學修養的作者之一，背上少了這沉重的「包袱」固然很不方便，但趕起路來也似乎比較輕快了。羅門的詩不是一件名貴的雕花瓷器，而是一株連根拔起的野花，既有花香，亦有泥味，當你嗅它時，你必須兼聞兩者。

錢鍾書曾謂有些「印象派」的批評家只能算做「摸象派」的批評家，譏其盲目胡猜也。此話也許要應在我的身上。好在我向來自認是一個欣賞者，並不以批評家自許。高高在上的法官大人，對於犯人的了解，也許還不及充滿同情心的辯護律師。當我們戀愛時，我們只好接受對方的一切。斷臂的米羅愛神，畢竟比四肢俱全的櫥窗中的人像可愛得多了。

四十七年六月

梵　谷——現代藝術的殉道者

後期印象畫派的大師高敢，在史東（Irving Stone）的《梵谷傳》（*Lust for Life*）裡，曾經調侃過塞尚說：「塞尚，你的畫面總是冷冰冰的。幾哩路長的畫布上簡直找不到一兩感情。」接著他大發議論，說什麼塞尚作畫用眼，色拉作畫用腦，羅特列作畫用脾臟，盧梭作畫用幻想，而梵谷（Vincent Van Gogh）作畫用心。

高敢說得一點也不錯，梵谷作畫用的是心，一顆赤裸裸，熱騰騰，而又元氣淋漓的心！

像這樣的一顆心自然是向著太陽的。即以畫家而論，戴拉克魯瓦曾經南征非洲；塞尚自巴黎歸隱艾克斯；高敢更狂，率性遠走南太平洋的大溪地島，去度他原始的生活；至於梵谷，則一生創作的過程，由灰暗而趨鮮黃，由沉潛而趨奔放，恰恰也是由北而南——由北海岸邊的荷蘭和比利時到巴黎，再由巴黎向南方，直到地中海岸的阿爾。

梵谷雖是法國後期印象派的大師，他和同派其他的畫家卻大有區別。他來自荷蘭，具有荷蘭民族那種濃厚的鄉土氣息，同時更承繼了本國冉伯讓和霍爾斯等畫家的傳統。在他的畫裡，只有嚴肅的沉痛，而無飄逸的輕愁，只有表現力和愛的氣勢，而無印象派那種光和色的抒情神韻。印象派諸子之中，唯有梵谷專畫匹夫匹婦；礦工、織工、農人和村婦都是他人像畫的對象。然而梵谷恆貧，又乏人緣，所以他往往只能作自畫像或靜物山水，而將見拒於社會的滿腔熱情完全貫注在景物之中，因此，他的景物亦即自己個性的表現。他的整個畫面都在動，他的一花一草都蟠著生命的活力。

梵谷的創作生命比同派的諸子都短：從廿七歲起到卅七歲歿時止，不過十年。可是這十年之中，他將一切都獻給了藝術。他時常忍饑耐寒，將僅有的生活費用拿去買畫布和顏料；他常在隆冬的雪地裡，在盛夏的驕陽下，在山頂的北風中掙扎作畫；他嫌生命太短促，有時竟在月光下畫阿爾的蒼松！以這種超人的意志力，他終於完成了八百幅油畫和九百幅素描，可是生前僅售去其中的一幅！

一八五三年，梵谷生於荷蘭一牧師之家，叔伯五位均為荷蘭名流，其中三位是大畫商。梵谷童年極為快樂，他是長子，有三妹二弟，其中以弟弟西奧和他感情最好，終生不渝。十六歲起，他曾先後去海牙和倫敦的古伯畫店做工。廿二歲那年，他愛上自己倫敦寓所房東的女兒愛修拉，向她求婚，但被她峻拒。這初次的失戀使梵谷一直潛伏著的個性開始顯露，也是他日後尋求解脫於宗教的一大誘因。

當時他因忽職被調去巴黎古伯畫店。他住在蒙馬特一小屋中，白天去盧佛研究名畫。夜間則回寓讀書，所讀以聖經為主，哲學和詩為副。不久他又遭店方解僱，後來曾在倫敦近郊做過教員，又在荷蘭一書店中做過店員，最後乃決定從事傳教。

起先他去阿姆斯特丹念神學院，但是不喜歡那些冷冰冰的古文和其他神學課程，又改進布魯塞爾的福音學校。開始他因性格耿介，不善詞令，又背叛傳統的教條，未得教會的任命。但是他不顧一切，自往比利時的礦區，傳教授課，不遺餘力，終於感動了教會，給他一個臨時的職位。自此他更加努力，忍饑寒、居陋室、散財物，摩頂放踵，無所不為。未幾礦洞爆炸，梵谷悉心救護傷患，竟受到教會的申斥，說他降低身分，有失尊嚴，結果將他解職！從此梵谷對於宗教失去信心，經過一番內心的掙扎，終於改擇藝術為終生的事業。

於是他開始以礦工和礦區景物做練習的對象。西奧從此按期寄錢給他，一直到他發狂自殺為止。他和西奧約定，所有作品悉歸西奧，苟有售出，則兩人平分。不料此約終成虛諾。嚴冬逼至，梵谷遷往布魯塞爾小住，旋又返歸艾田父親的教區休養身體。不久他又愛上表姐凱伊，但凱伊新寡，深憶故夫，又因家庭關係，乃嚴拒梵谷。梵谷追到她家，她避不出見。梵谷以燭灸手，哀求伊父，但伊父目他為狂，終不允一見。

失戀之餘，他又遷往海牙，就表哥畫家莫夫習畫。未幾，他收容了一個懷孕的妓女克麗絲丁，照顧她生產，並和她同居。此事引起各方的物議，加以女家不斷誘她回去重操舊業，梵谷只好忍痛和她斷絕。

回到父親的新居努能，梵谷重新埋頭習畫，但不久又邂逅老處女瑪歌。這一次他算是被動，瑪歌徐娘初戀，勢不可當。可是等到論及婚嫁，女家又以梵谷遊蕩無業而嚴詞拒絕。瑪歌自殺未死，梵谷重陷孤寂，但此時他的藝術已漸漸成熟，名畫《食芋者》即為本期作品。

一八八六年春，梵谷遷往巴黎，和西奧同住。這是他藝術的一大轉捩點。當時的巴黎正值印象派開始雄視藝壇的階段。梵谷結識了塞尚、高敢、羅特列、色拉和盧梭等畫家，印象派那種鮮明而大膽的創造使他著迷。他日與諸子遊，五光十色，應接不暇，摹倣諸子的作品，亦步亦趨，唯恐不及。然而天才是不能安於學習的。梵谷始而興奮，繼而困惑，再則盛怒，終於厭倦。他厭倦於緊張的都市生活和繁多的藝術運動。巴黎是屬於羅特列和戴嘉的，他必須另拓自己的領土；他決心遠征南方，去追求更多、更多的陽光。羅特列介紹他去馬賽附近的羅馬遺城阿爾。

梵谷創作的全盛期終於來到。阿爾的驕陽將他的滿頭紅髮曬得發焦。梵谷沉醉於這一片濃而醇的光和色。他畫鮮黃的向日葵，燦爛的果園，藍得怕人的天空，亮得像花的星子，扭得像火的松樹，起伏如波濤的地面，轉動如漩渦的太陽和雲。他將整座房屋塗成黃色，歡迎高敢前來同住。不久高敢來了。他們一同作畫，起初是興奮而快樂，但漸漸因個性相反而引起討論、批評和爭吵。一夜，他潛尾高敢上街，想暗殺高敢未遂，回到寓所，狂性大發，竟自割右耳，拿去贈給當地的一位妓女。

高敢一驚，逸回巴黎。梵谷則被送往附近聖瑞米的瘋人院；在此，他的狂疾時作時隱。瘋人院原係十二世紀古寺的遺址，一片死寂，有如墓地，只有午夜鄰床病人的驚呼劃破四圍的沉靜。梵谷於枕畔憶往思來，每每萬念俱灰。此時他仍努力作畫，其藝術價值不稍遜於阿爾時期的作品。

一八九〇年初夏，梵谷病情稍有起色，乃遷居巴黎北郊一小村奧維，受嘉舍醫師的看護。此時他雖仍創作不輟，但狂疾則與日俱深，最後的一張油畫《麥田過萬鴉》已經透露出悲劇的消息。同年七月廿七日，他獨步荒郊，忽然癲癇發作，舉槍自戕。一時未死，竟掙扎回寓，靜待死神。次晨西奧趕到，坐守梵谷榻畔，悵然共話童年。廿九日清晨，梵谷遂長眠不起。

四十三年十二月二十二日

畢卡索——現代藝術的魔術師

God proposes, Pablo disposes.

上帝第六天造人，第七天休息，第八天造畢卡索。要用幾千字把這位現代藝術的魔術師交代明白，是一件不可能的事。畢卡索之創造新的風格，直如魔術師之探囊取兔。畢卡索是現代藝術的焦點，現代藝術的一個輻射中心。畢卡索集現代藝術的各種流派於一身，如一條線之貫穿珍珠。沒有畢卡索，現代藝術將整個改觀。

畢卡索在現代藝術的地位是重要而特殊的。近百年來的西方藝術，凡是重要的潮流，恐怕除了野獸主義以外，沒有一支不是肇始於他，或被他吸收而善加利用的。他的變化千彙萬狀，層出不窮。馬蒂斯功在承先，畢卡索則既集大成，復開後世。他曾經咀嚼過塞尚的「圓柱、圓球，與圓錐」，而以之哺育雷惹、格瑞斯、米羅，以迄純粹主義、未來主義、玄學畫派，及早期的抽象主義等畫家。由他和布拉克創導的立體主義，幾乎影響了其後一切的畫派；沒有立體主義及其支派，也絕不會產生作為抗議的達達主義和超現實主義。然而即使是超現實主義的畫家，如夏戈、格洛茲、恩斯特、米羅等，在頗帶幾何風味的構圖上，也逃不了立體主義的影響。

如果說，畢卡索是現代藝術最重要的大師，應該不算武斷。在精深方面，也許有別的藝術家可以與他分庭抗禮，甚且超越過他。在博大方面，則除畢卡索外不作第二人想。他也許不如克利那麼深奧，德・克伊利科那麼富於玄想，也不如康定斯基和德羅內那麼能文善辯，或是梵谷、科科希卡、德庫寧那麼白熱化的緊張，可是在多才、多產、多變的方面，沒有人能夠和他匹敵。他的創作方式包括油畫、石版畫、銅版畫、樹膠水彩畫、鉛筆畫、鋼筆畫、水墨畫、炭筆畫、剪貼、雕塑、陶器等等。即以雕塑一道而言，他的天才往往似乎急不擇材：青銅、鍛鐵、合板、泥土、布料、木材，甚至殘缺的五金用具，都可以用來表演他的點金術。篇幅的大小也無往而不利。他不像克利那樣局限於十八吋乘十二吋的靈魂的即興，也不像奧洛斯科那樣必須馳騁於巨幅的牆壁。他可以納自然於十吋之內，如他為女兒巴蘿瑪（Paloma）作的畫像；也可以陳想像於教堂之中，如他為瓦洛里「和平之廟」所作的一八八吋乘四〇八吋的壁畫《戰爭》與《和平》。他的多產也是驚人的，這位巨匠根本不知疲倦為何物。朋友們去瓦洛里或昂蒂布看他；草地上堆著他的雕刻品，畫室中懸滿他的新畫，置滿他新燒的陶器，而他還會一批又一批地搬出別的近作來，一直要到來賓看累了為止。我們都知道，某些創造大師，如克利、艾略特、里爾克、法耶（Manuel de Falla）等，每有作品，都是深思熟慮，得之不易。畢卡索則似乎可以任意揮霍其取之不盡用之不竭的天才。某些大畫家，如梵谷與克利，其作品總產量皆有統計。唯畢卡索的產品，似乎迄今尚無人敢從事估計的工作，因為往往在給朋友的信上或信封上，他都要附帶畫幾筆的。

至於風格之變易不居，畢卡索簡直是航行於沒有航海圖之海中的奧狄西厄斯（Odysseus），不，簡直是不可指認的善變之海神普洛丟斯（Proteus）。他消化過土魯斯．羅特列克和戴嘉，他能就庫爾貝和戴拉克魯瓦之原作變形，他能畫得像新古典大師安格爾那麼工整凝練，也能像文藝復興大師拉菲爾那麼和諧端莊。從早期的自然主義到表現主義，從表現主義到古典主義，然後是浪漫主義、寫實主義、抽象主義，復歸於自然主義。然而畢卡索並不是藝苑的流浪漢，隨波逐流而無主見，只是他的天才要求表現上的絕對自由，且不為狹窄之派別所囿。現代畫有許多大師，一生只在重覆既有的少數風格，例如盧阿、莫地里安尼、傅艾寧格爾、德•克伊利科等等皆是。他們只是突起的奇峰，而畢卡索是連綿的山系。

可是在這一切繽紛的變化之中，畢卡索保持他不變的氣質。本質上說來，畢卡索是一位巴洛克（Baroque）式的藝術家。久居法國，亦成名於法國的畢卡索，一直保持他原籍西班牙的那種傳統氣質：華麗，凝重，且帶點悲劇性。所謂「巴洛克」，原係指十七、十八世紀西歐藝術那種神奇，怪誕，過分裝飾的一種風格。西班牙畫家，如戈耶、魯奔士，甚至原籍希臘的艾爾•格瑞科，皆表現此種氣質——這也就是何以西班牙產生了兩位超現實主義的畫家：米羅和達利。這些傳統的西班牙大師，加上巴洛克風的建築家高地（Gaudi），形成了畢卡索的民族遺產。此外他更吸收了希臘羅馬的神話，非洲土人的原始藝術，北歐的哥德（Gothic）精神，以及自文藝復興以迄庫爾貝的自然主義之全部技巧。畢卡索是一個充滿了矛盾的綜合體。要了解他這些相異甚至於相反的風格，且讓我們像一般的藝術批評家那樣，將他的創作分成幾個顯著的時期來簡述：

（一）藍色時期（Blue Period）：自一九〇一年迄一九〇四年，是畢卡索的「藍色時期」。這時畢卡索剛剛二十歲出頭，初自西班牙去巴黎，尚未成名，和蒙馬特爾的波希米亞族出沒於閣樓、咖啡館，及夜生活的世界。貧窮、寂寞，和憂鬱原是西班牙畫家的傳統主題；加上初受戴嘉和土魯斯・羅特列克的技巧的影響，畢卡索，像艾爾・格瑞科那樣，將貧病無依的流浪人體拉長，裸露，且置之於一個甚為陰鬱而且神祕的藍色世界裡。那藍，慘幽幽的，傷心兮兮的，具有單色構圖特具的那種以情調勝的 **tone poem** 之感。無怪乎美國詩人史蒂文斯（Wallace Stevens）看了這時期的作品之一，《彈吉他的老人》，不禁要寫那首四百行的長詩了。論者或謂，這些作品頗有抄襲土魯斯・羅特列克之嫌。我不以為然。戴嘉和羅特列克畫中的舞女及可憐人物是絕緣的美感對象，不如畢卡索筆下的人物那樣富於表現主義的精神。也就是說，前者比較客觀，後者比較主觀。

（二）玫瑰時期（Rose Period）：或稱小丑時期（Harlequin Period），為期凡兩年

（一九〇五至一九〇六）。當畢卡索的生活比較愉快時，他的調色板也明亮起來。他的畫中人物從慘藍色的單色（monochromatic）的世界裡走出來，步入一個以玫瑰為基調而以其他色彩為輔調的空間。顯然，色調（tone）轉為輕柔，線條也比較流動，給人一種飄逸不定的感覺。可是這些作品予觀眾的印象仍非興高采烈的快樂，而是一種以滿不在乎的表情為面紗的淡淡的哀傷，與乎病態美。這時他的筆下出現的不復是藍色時期那些街頭琴師，營養不良的孩子，倦於工作的婦人、跛子、盲丐，或是饑寒交迫的家庭。代替他們的是馬戲班的諧角與賣藝者。畢卡索攫住了這一行全部的詩意，也攫住了那種倦於流浪，娛人而不能自娛的落寞心情。里爾克的《杜依諾哀歌》（*Duino Elegies*）第五首，便是自這時期的傑作之一，《賣藝者之家》（*Les Saltimbanques*），得來的靈感。

（三）原始時期（Primitive Period）：此期凡歷一九〇七及一九〇八兩年，俗稱「黑人時期」（Negro Period），或「艾比利亞非洲黑人時期」（Iberian-African Negro Period）。所謂艾比利亞（Iberia），乃今日西班牙及葡萄牙二國所在地之半島的古稱。這時畢卡索漸漸脫離了前兩期那種詩意盎然的寫實主義，而注意到盧佛宮展覽的古艾比利亞雕刻，並以其風格為美國旅法女作家史泰茵（Gertrude Stein）畫了一個像。一九〇七年春天，為了向馬蒂斯的巨構《生之歡樂》（*La Joie de Vivre*）挑戰，畢卡索開始構想一幅具有劃時代意義的力作，那便是後來成為立體主義序幕的《阿維尼榮的姑娘們》（*Les Demoiselles d'Avignon*）。此畫進行到一半時，馬蒂斯（一說為德蘭）把非洲黑人的雕刻和象牙海岸的扁平面具介紹給畢卡索。這說明了何以在《阿維尼榮的姑娘們》一畫中，左邊三個人像是艾比利亞式的，而右邊兩個人像是非洲式的。「原始時期」是畢卡索藝術中最重要的時期，因為它是畢卡索藝術的轉捩點。我們知道，風格繽紛撩亂的畢卡索，往往一面開拓新的疆土，一面回到舊的領域去探索新的可能性。他往往左手畫著希臘古雕刻一般的線條，右手作奇異的變形人物。可是在「原始時期」之後，他不再重覆「藍色時期」與「玫瑰時期」的風格。《阿維尼榮的姑娘們》正是這最重要的時期的一座里程碑，因為畫中那近乎幾何形的構圖法，和揚棄了古典的透視及明暗烘托（chiaroscuro）的平面色彩，導致了日後的立體主義，而右邊兩個人像的臉形，更遙啟晚期出現在他作品中的超現實風的變相。世紀末的病態的歐洲文明，面臨「窮」的死巷，它需要變。佛洛依德的學說創導於先，藝術家們的反和諧運動響應於後。在音樂界，畢卡索的好友史特拉夫斯基，亦受了此種原始精神的感召，於是寫成他那繼承林姆斯基・柯薩科夫之傳統的《火鳥》之後，即著手寫那以異教的野蠻祭典為主題的《春祭》。塞尚的啟示，盧梭（Henri Rousseau）的原始風味，野蠻民族的藝術，甚至四度空間的理論，加上好作邏輯思考的布拉克（Georges Braque）的互相激勵，乃促成了始於一九〇九年的立體主義。

（四）立體主義時期（Cubist Period）：所謂立體主義，從藝術發展史的觀點看，是對於稍前的野獸主義那種耽於官能感覺的放縱的色彩與線條所作的反動。從哲學的觀點看，它是對於自然充滿了信心的「形象上的再安排」（formal re-arrangement）。所以立體主義是知性的，也是樂觀的；它的缺點也在此，因為它欠缺靈的成分。塞尚在其創作及理論中，只擬簡化自然為「圓柱、圓球及圓錐」，並未涉及「立方體」，然而幾何構圖的觀念一經開始，布拉克和畢卡索自然而然地推進到「立方體」的結論。所謂立體主義，並無意用古典的透視法將自然表現得富於立體感，而是要將自然簡化並分割成一個一個獨立的小立方體。因此在早期的立體主義，亦即所謂「分析的立體主義」（Analytic Cubism）之中，物體（包括人物、靜物等）往往像以兒童玩的積木築成。值得注意的是：這些畫給觀眾的真正印象是非「立體」的，因為一切物象的碎片均給鋪陳在畫布的「平面」上，其背景並無縱深感。理論上，畫家要使觀眾對分成小立方塊的物體作「面面觀」，時而瞥見一物之左側，時而瞥見其右側。

漸漸地，這種「分析的立體主義」手法被發揮到了山窮水盡的地步，於是畫中的立方體變成扁平的方形而交互重疊，繼而三角形、橢圓形、長方形、菱形等其他幾何形出現於畫面，終於物體的原形，或部分、或全部重現於畫面，而穿插閃躲於幾何構圖之間。色彩也由沉悶的單色變成複色。到了這時，「綜合的立體主義」（Synthetic Cubism）便開始了，而格瑞斯和雷蒞也參加進來。自一九〇九以迄一九一四的五、六年間，是畢卡索（也是其他畫家，如布拉克）的「立體主義時期」；而一九〇九迄一九一三為「分析的立體主義」，一九一三迄一九一四為「綜合的立體主義」。這種以簡化而武斷的純粹幾何形體來重新安排自然的技巧，不久便影響了整個歐洲藝壇：未來主義、純粹主義、構成主義、光譜主義，甚至蒙德利安和康定斯基的抽象主義相繼出現，並且深受立體主義的啟示。可是立體主義是唯智的，機械的，單調、客觀、靜止，缺乏人性而且脫離現實。為了反抗立體主義，遂有克利及夏戈，以及超現實主義的興起。

（五）鉛筆畫像時期（Pencil Portraits Period）：這個時期自一九一五年開始，大約迄一九二〇年為止。這時的畢卡索，搖身一變，忽然自立體主義的「貼紙」（papiers collés）躍向幾乎是安格爾的新古典主義。一九一五年，他為伏拉爾畫了一張非常逼真的鉛筆畫像，有透視，也有明暗烘托。其後多年，鉛筆畫（有時亦用鋼筆、銅版等，要之皆以線條為主）一直是他表現優厚的傳統修養的方式。他的線條，有時遒勁明快，寥寥幾筆，天衣無縫，有時曲折柔和，細膩婉轉，有時亦分明暗，巧為烘托。一般說來，他的線條不如克利的生動而且微妙，可是克利原是畫家中最善把握線條的大技巧家。在他的「芭蕾時期」，他更為史特拉夫斯基、法耶、狄亞吉烈夫、沙蒂等作了多幅精巧的速寫。所謂「芭蕾時期」，是指一九一七年，他為馬辛的《遊行》及法耶的《三角帽》兩芭蕾組曲設計服裝及佈景等的一段時間。這些芭蕾演出非常成功，也使畢卡索聲譽日上，聞於全歐。

（六）古典時期（Classic Period）：大約自一九一八迄一九二五年，為他探索古典傳統，推陳出新的階段。在心情上，他大大地成名了，且與芭蕾舞女奧爾嘉・科克蘿娃結婚。在藝術上，他與高克多暢遊那不勒斯及龐貝城，古羅馬的壁畫與古希臘的雕刻對他啟示極深。這雙重因素導致了他的古典時期。他的畫面開始變得凝重、安詳、富足、和諧；他的構圖富於體積感，而色彩也厚實瑰麗，予人溫暖之感，尤喜變化棕色及黃色。他的女體，在「藍色時期」是那麼嶙峋，在「玫瑰時期」是那麼纖弱，此時卻厚實了起來，胖甸甸的，到了不能轉肘曲膝的程度，給人以「象皮病」（**elephantiasis**）的印象。極為誇張的《賽跑》，富於傳統含蓄的《白衣女》，重大如雕刻的《母與子》，作棕色變調的《靜物與殘頭》等，都是此期的代表作。而出入於此時之末期，在一九二三年左右，畢卡索復表現出浪漫的傾向，畫了許多民間題材及鬪牛等的作品，令人想起戈耶。

（七）變形時期（Metamorphosis Period）：亦稱「怪誕複象時期」（**Grotesque and Double Image Period**），始於一九二五年，其後斷斷續續，直到第二次大戰（一九三九—一九四五）方告結束。超現實主義興起於一九二四年，一時馬松、達利、唐基、恩斯特等活躍於藝壇，引起了畢卡索競爭的興趣。可是畢卡索就是畢卡索，他是不能歸類的。他認為超現實主義的畫家們所乞援的技巧是文學家的（**literary**），非畫家的

（painterly），也就是說，像達利這種畫家的作品之中，文學的主題太顯著，非藝術的技巧所能負擔。畢卡索的近於超現實主義的作品，恆能將超現實的因素融化於獨創的構圖形式之中。當超現實派的畫家們宣稱畢卡索是屬於他們時，畢卡索卻靜靜地進行他的變形程序。

在「古典時期」的末期，畢卡索並未完全放棄他的立體主義。他從「綜合的立體主義」那種若隱若現的人體（例如一九二一年那富於諧趣的《三樂師》）發展到變態的人體。從古典的碩健婦人到以骨架築成的富於雕塑感的海濱浴女，再從這些浴女變成四肢易位，五官互調，而且扭曲成趣的人體，原是一種有趣的過程。值得注意的是：這種變形的過程，始於直線切割的建築，而終於曲線迴旋的交疊，更進一步，便進入他那有名的「複象」（或「兩面人」）階段了。

我們知道，一切「平面藝術」（graphic art）皆是二度空間的（two dimensional）。古典作品要在這平面上藉透視和明暗烘托以造成三度空間之立體感。畢卡索則要在二度空間之中表現四度空間，他要以「複象」來把握第四度的時間。意大利的未來派畫家，也曾擬用千輪的火車，和百足的狗，來表現速度。畢卡索的「複象」往往合正面觀與側面觀於一瞥，使你有繞行而觀之感。以他那幅有名的《少女臨鏡》（*Girl before a Mirror*，一九三二）為例，右邊的鏡中映出左邊少女之像，而左邊的少女呢，合而觀之為伊正面，僅取左半則為側面，一瞬而及伊兩面，正是少女臨鏡轉側，顧影自憐之態。再看她的身體，則其衣半掩，其乳若裸，其肋骨歷歷可數。這種現象，根據畢卡索的自述，原是一個少女「同時著衣、裸體，且受X光透視」之三態。很多觀眾不能欣賞，甚或忍受這種「醜怪」的變形。其實這只是習慣的問題。藝術要講效果，便需要強調，使重要的部分突出且省略不必要的部分。明乎此，當可了解米開蘭基羅的迴旋人體，和艾爾·格瑞科的延長四肢；也可了解許多現代作品。

（八）表現主義時期（Expressionistic Period）：到一九三五年為止，這種變形的作品多半是形相上的玩索，不太著重性靈的表現，也就是說，技巧雖是主觀的，題材卻是客觀的。到了第二次大戰前數年，由於希特勒之迫害自由與祖國之水深火熱，畢卡索的人道精神在他的作品中昂首反抗了。牛，面目猙獰，頭角崢嶸，且具人體的雄性怪獸，開始出現在他的畫中，它代表法西斯和納粹，也廣泛地象徵一切暴力與集權，正如馬是象徵弱小的民族。這些觀念來自西班牙的民俗與克里特島的神話。畢卡索稱牛為「密諾托爾」（**Minotaur**，半人半牛之妖獸，後為西息厄斯所除），而題其畫為《盲目的密諾托爾》，《密諾托爾曳垂死之馬》，《鬪牛》等。在一九三五年的《鬪牛》（*Minotauromachy*）一圖中，鬪牛士反為牛所乘，所持之劍為牛所倒握，指向馬首，耶穌則攀梯而逃，而和平之少女則伏在樓窗上作壁上觀。

可是這一時期的代表作仍數一九三七年的巨幅油畫《格爾尼卡》（*Guernica*）。格爾尼卡原為西班牙巴斯克（**Basque**）省之一小鎮。一九三七年，納粹黨人為了試驗新製的炸彈在爆炸與燃燒兩方面的威力，竟選了四月廿六日，格爾尼卡鎮的趕集之日，向不設防的無辜市民，猝施轟襲。這幕悲劇延續了三小時半，一共屠殺了兩千人民，旋即轟動歐洲各國。這時國際商展即將在巴黎舉行，西班牙政府敦請畢卡索為展覽會場的西班牙館作一幅巨構。憤怒而愛國的畫家立即決定用這幕悲劇作他的主題，整個五月間，他以全副精力從事這偉大的創作。在他終於完成那幅一四〇吋乘三一二吋的巨畫之前，他曾用鉛筆、鋼筆、粉筆作過無數草稿，並試過多幅單色油畫及水墨畫。可見《格爾尼卡》雖是傑作，卻非天才橫溢的即席揮毫，而是懸樑刺股的辛苦奮鬪。構圖屢經修改：例如原是踣地待斃的馬，在定稿中卻引頸昂首，作臨終之悲嘶；原是居中伏地而一手指天的戰士，後來卻移向左端，仰天而呼。既完成的《格爾尼卡》有兩人高，四人長，純以黑白對照而疊以淺青及淡灰；人與獸，母與子，臉與四肢，都在一陣猝臨的混亂和尖銳的痛苦中扭曲著，分割著，嗥號著。格爾尼卡的個別苦難成為全人類的大悲劇，畢卡索在一個瞬間的戲劇性高潮之中，攫住了恐怖和絕望的全部意義。吸住觀眾的，不是戈耶或戴拉克魯瓦筆下歷史上某一戰役的場面，而是本質上的戰爭感覺，以及獨創的充溢著表現力的幾何構圖。

第二次大戰期間，畢卡索留居巴黎。他的名字，在希特勒指為低級藝術家的名單中，是第一位。德國佔領軍總部不准公開展覽他的作品，可是由於他的名氣太大，德軍始終不敢去干擾他。某些高級德軍將領甚至偷著去畫室拜訪他，而他呢，每人都贈以一張《格爾尼卡》的明信片。據說某次希特勒駐巴黎的心腹亞貝慈（Otto Abetz）去看他，說願意為他解決食品和燃料的問題，為畢卡索所拒。臨行，亞貝慈看到一張《格爾尼卡》的照片，說道，「啊，這是你做的嗎，畢卡索先生？」「不，這是你們做的，」畢卡索答道。

（九）田園時期（Pastoral Period）：一九四八年，大戰業已結束，畢卡索遷居法國南部地中海岸的瓦洛里（Vallauris）及昂蒂布（Antibes）。這時他享受著平靜美滿的家庭生活，一方面年屆古稀，一方面受到晴爽的迷人的地中海的感召，他的藝術進入了一個安詳，和諧，且帶點詩意與幽默的新古典時期。像晚年的莎士比亞一樣，他的胸襟變得寧靜，廣闊，具有溫和的喜悅和淡淡的好奇。希臘神話的題材——半人半馬獸、半人半羊神、女神等等，構成了抒情的田園趣味。同時一些小動物，如貓頭鷹、蟾蜍、白鴿、山羊等，也成為他表現幽默感的對象。對於畢卡索，貓頭鷹是古老的象徵。一九五二年，他曾以貓頭鷹的形象，作了一幅巴爾扎克的石版畫像。此外，他更不斷以自己的妻子和兒女為模特兒，畫了不少複象，可是變形的程度已較以前的「怪誕時期」為緩和。總之這是他的田園時期，早期的妖怪即使出現在他的畫面，也只像是經過催眠作用，莫可施其邪惡，而聽命於普洛斯佩羅（Prospero）的魔杖了。一種自給自足，一種可以臥憩的秋季情懷，籠罩著一切。曾經是強烈地戲劇的（dramatic），鬆弛為飄逸地抒情的（lyrical）了。瓦洛里原是康城（Cannes）附近一個製陶的小鎮。畢卡索來後，一面向匠人學習，一面加以藝術的改進，竟使該鎮成為一個異常興盛的陶器中心。

以上便是這位現代藝術大師一生創造的大致過程。這種分期諒必不為畢卡索所承認。事實上這樣分法簡直是抽刀斷水，武斷而籠統，但是卻便於一般觀眾的了解與指認。畢卡索的創作論是多元的。他的風格層出不窮，且穿插而交疊，並不統一，連貫。畢卡索不像康定斯基或克利那麼愛發議論，可是從他極少數的自白觀之，他是主張兼容並包，熔古今於一爐的。他說：「就我而言，藝術之中無所謂過去或是未來。如果一件藝術品不能經常生存於現在，則它完全不值得考慮。希臘人、埃及人，以及前代的大畫家們的藝術，並不是過去的藝術；也許它在今日遠比往昔更有生命。」而畢卡索自己呢，更是一個「神竊」（master thief）。任何時代，任何派別的名畫，經他那出神入化的點金術一施，均能脫胎易骨，變成他自己的產品。他曾經就浪漫派大師戴拉克魯瓦的《阿爾及耳的婦人》作了十四幅不同風格的戲擬。即使如此繁加分期，往往在一期之內，他仍進行數種風格，尤其是他「綜合的立體主義」時期的風格，幾乎一直延續到最近的創作。

一八八一年十月廿五日，畢卡索誕生於西班牙南部地中海岸的小鎮馬拉加（Malaga）。他的母親叫瑪麗亞・畢卡索（Maria Picasso），父親叫賀綏・路易斯・布拉斯科（José Ruiz Blasco），是一位藝術教員；畢卡索的西班牙名則為 Pablo Ruiz Picasso，以父名為中名，而從母姓。他現在已經有八十歲了。對許多批評家而言，他仍是最現代的現代畫家。現代畫已經進入抽象主義的階段，然而具象的或半具象的作品並不因此喪失其價值。阿爾普和克利，兩位抽象畫家，曾自稱一切抽象均取法乎自然。不錯，畢卡索似乎始終未曾參加或吸收抽象的表現主義，然而沒有立體主義為前導，抽象主義是不可能產生的，而畢卡索也曾作過純抽象的構圖，例如遠在一九二六年，他為巴爾扎克的《無名的傑作》（*Le Chef d'oeuvre inconnu*）所作的插圖，便是形而上的有趣表現。什麼派別能夠逃過畢卡索的領域呢？上承希臘羅馬的人文主義，地中海沿岸的各種文化，甚至野蠻民族的原始藝術，下啟立體主義以降的一切支流，畢卡索表現其巴洛克的氣質於立體手法的變化之中。現代藝術之中，找不出任何人可以和他相比，也許我們要回到米開蘭基羅和達芬奇的時代，才能發現同類的巨人。

論者或以畢卡索曾經左傾病之。本質上說來，藝術與共產主義是絕緣的。共產黨的智力商數只能達到寫實主義的高度，而現代文學和藝術都是反寫實的。史達林的藝術獎只頒給能畫逼真的史達林像的畫家如蘇爾可夫者，此與畢卡索的複象相去遠矣。

畢卡索，像任何其他的大藝術家一樣，是反極權的。他反對納粹的勇氣，贏得全世界的敬佩。在匈牙利革命期間，他的一幅反暴行的作品，曾被波蘭人展覽於街頭，以贏得路人對弱小民族的同情。畢卡索也曾因蘇俄的軍隊屠殺匈牙利無辜人民，而向法國的共產黨提出抗議。我們只有一個邏輯：真正的藝術家未有不反共者，否則他絕不是藝術家。

五十年十月二十日

現代繪畫的欣賞

(一)何謂現代繪畫?

什麼是現代繪畫?它有多久的歷史?它究竟有沒有「規矩」?它的「好處」到底在哪裡?這恐怕是每一位初看現代畫的人都有的問題。比較不耐煩的觀眾,走馬看花之餘,也許會說,「又是這些印象派的作品!」然後嬉笑怒罵一番,表現自己的幽默感一番,然後揚長而去。

要了解(或者,更正確地說,欣賞)現代畫,必須先把握此地所用的形容詞「現代」的意義。「現代」（modern）和「當代」（contemporary）不能混為一談。「現代」形容精神，「當代」則僅指時間。幾千年前的象形文字，出現在克利或趙無極的畫面，是「現代」的。而今天上午在中山堂展出的畫，是「當代」的，可能也是「現代」的，更可能竟是「古代」的（或者，更正確地說，「假古代」的）。現代與否，是一觀點的問題，並無時間的限制。就不同的程度言，布朗庫西（Brancusi）是現代的，畢卡索是現代的，莫奈是現代的，甚至康斯泰堡（Constable），艾爾・格瑞科（El Greco），格呂納華特（Grunewald），也是現代的。

原則上，凡是企圖解脫古典繪畫的束縛，以追求新觀念新價值，並以新形式表現之的作品，皆屬現代畫的範圍。這當然是一個籠統的劃分。什麼是古典繪畫的束縛呢？那便是理性，表現之於畫面，便是對自然的模倣（representation of nature），換句話說，便是貌似。古典畫家自理性的角度去觀察（或者根本不觀察）自然，結果把握的是他們「知道」的世界，不是他們「經驗」（如果他們也曾經驗的話）過的世界，結果他們浮泛地描下對象的外形，而不能把握對象內在的生命。表現在技巧上的，乃有透視，確切的輪廓，明暗的烘托，解剖學的運用，結構的對稱等等。表現在取材上的，乃有神話、歷史、宗教、貴族人像等等「嚴肅而優雅」的主題。

現代畫之異於古典畫，即在於現代畫從理性的觀點，常識的範圍解脫出來，打破自然形象的桎梏，或作形式上新秩序的組合，或作內在性靈生活的探索。一般觀眾判斷藝術品的標準，首先在於貌似。他們要求逼真，要求維妙維肖。讚美一幅畫，他們說「像是真的一樣！」而欣賞一片風景，他們又說「真像一幅圖畫！」這種審美的要求原可由攝影師來滿足，不必勞駕藝術家。攝影師的任務是記錄自然，而藝術家的任務是探索性靈，他必須超越自然，才能把握性靈，表現個性。

古典畫既以追隨自然為能事，遂令人有千篇一律之感。從文藝復興到十九世紀的學院派畫家，如安格爾及大衛，莫不臨摹自然，畫家與畫家間的差別實在是有限的。本質上，印象派的畫家仍是臨摹自然的，而且（由於在戶外寫生）比古典畫家更接近自然。及塞尚出現，將自然看成「圓柱體、球體，和圓錐體」，自然乃開始在畫中呈現新的秩序，而畫家也開始主觀地再安排自然。反自然的運動自塞尚與高敢始，歷象徵主義，野獸主義，立體主義，而至抽象主義，自然的外貌不復保留，而畫家們也從改變自然趨於把握獨立形象。一幅抽象畫表現的只是畫家個人的性靈狀態，而不是一片風景，或一個少女了。

在另一方面，由於解脫了理性的束縛，畫家們乃走出常識所承認的現實，而發現無窮無盡的大千世界。以前是陽光之下無新事（事實上古典畫的世界並無陽光），至此而陽光之下莫非新事，何況更發現了月光及星光下的世界，夢的世界，潛意識的海底世界。先是馬內、莫內、戴嘉、羅特列克、雷努瓦從神話走向現代，從上流社會走向中下流社會，從偉大的主題走向並不表現什麼主題的生活橫斷面。本質上說來，印象派諸畫家的世界仍是一個常識的世界。到了梵谷、孟赫（Munch），安索（Ensor），盧梭（Henri Rousseau），一個反理性的世界始展露在畫家的筆下。自梵谷、盧梭始，歷表現主義，達達主義，超現實主義，而迄於抽象主義，常識世界被畫家們放逐了，取而代之的是一個多彩多姿，自由活潑，超越了三度空間的夢幻世界。在這世界裡，鐘錶的統治被否定，丈夫可以飛起來俯吻太太，巨型的蛋矗立於建築物中，不可思議的物體在沙漠中作些不可思議的動作，甚至畫面並無物體，只有不同的幾何形在表演形而上的戲劇。不具物體，而形態無窮；不可思議，而特別動人遐想，至是繪畫成為靈魂的手勢，不復是現實生活的表現了。

一般藝術史家咸以十九世紀中葉崛起於法國的印象主義為現代畫的開端。自一八六三年第一次印象派的畫展迄今，現代畫已有一百年的歷史。嚴格說來，現代繪畫應該始於所謂「後期印象派」的塞尚、梵谷，與高敢；塞尚的興趣偏於形式，梵谷的影響偏於內容，高敢似乎兼有兩者。是以前承三人而後啟抽象主義的現代畫重要派別，似乎可以歸入兩類，其偏於形式安排者為野獸主義，立體主義，其偏於內容之把握者為表現主義，超現實主義。現代畫之發展大致如此。

此地我要請讀者們特別注意的是：任何藝術派別或主義，大抵只是後之學者根據原則上相同的趨勢，作便於指認並討論的區分而已。同一派別的作者，大同之中仍有小異（甚至不小之異），此其一。同時藝術，與文學，音樂一樣，是一個生生不息，變異不居的有機體。區分時代，標識派別，不過權宜之計。抽刀斷水水更流，藝術的演變如江河，不是一節節車廂接成的火車。指定一八六三年以前的作品是古典畫，而其後的作品是現代畫，是不真實的，此其二。所謂「反叛傳統」只是創作家藉以自勵（同時也是必要）的態度，並不存在於藝術史家心目之中。千萬不要以為現代畫便完全否定了古典畫的價值，而且，像維納斯誕生於海浪一樣，轉瞬便已成形。

例如盧阿（Rouault），雖然也參加馬蒂斯等野獸派的展出，且被後之史家納入該派，他自己卻宣稱，「我覺得自己並不屬於這時代……我真正的生命屬於大教堂的時代。」不錯，盧阿的技巧頗受馬蒂斯的影響，題材甚類羅特列克，然而他是有道德觀念的，而他那交織如網的粗線條以及魯拙如碑的面積感卻來自中世紀教堂的彩色玻璃。又如莫地里安尼（Modigliani），他雖然和烏特利約等同稱巴黎派的畫家，在風格上他仍然遙遙繼承本國（他是意大利人）十六世紀時形式主義的繪畫。他的許多女像（見圖一）都令我們想起鮑蒂且利（Botticelli）優雅的線條和秀逸的風範（見圖二）。克伊里科（Giorgio de Chirico）為現代畫中玄學派的領袖，然而他的畫面卻恢復了古典畫最傳統的技巧：透視。藝術源流之不可斷者如此。反傳統也者，只是一種剪斷臍帶的瀟灑手勢，臍帶此端的嬰孩根本是彼端的母體孕育出來的。可是話得說回來，向傳統吸取靈感並不等於模倣。例如盧阿雖學習中世紀的工藝，卻用以批評他那時代的法官，同情他那時代的妓女。莫地里安尼學習鮑蒂且利，他的人像的五官比例是誇張的，他的女體是延長的，他的色彩（尤其是背景）是野獸派風的。克伊里科的透視師承傳統，可是古典畫中哪裡有這麼幾何化的建築趣味？哪裡有這種強烈得令人不安的陰影?由此可見模倣是一回事，吸收又是一回事。現代畫一面反傳統，一面不斷地吸收傳統而超越之。被崇奉為上帝第八日之創作的畢卡索，他的所以偉大，並不在於把傳統一齊消滅，而在於他綜合了一切傳統而啟發了一切新的運動。

觀眾常要懷疑，現代畫畫得這麼「光怪陸離」，到底有沒有什麼「規則」呢?所謂規則，原是從已有作品中歸納而成。有了米開蘭基羅，有了他那扭曲的聖母軀體，始有文藝復興那種S狀的人體典型。同樣地，有了雷蒞（Fernand Leger），始有機械零件式的人體。那麼我們為什麼要在立體派的作品中找透視，在夏戈（Chagall）的作品中尋萬有引力，或是向楊英風、莊喆、劉國松、韓湘寧、吳昊等的抽象畫中索取具體的物象?當舊的「規則」破壞後，必有新的規則產生。問題在於：新的規則是否誠實而且成熟?伊卡勒斯（Icarus）要捨棄人類步行之規則，創造以翼飛行之規則，可是他那蠟貼的翅膀尚未成熟，經不起陽光的熔化，終於墜海而死。萊特兄弟的努力成熟了，所以他們的規則站住了腳。

十八世紀末年，英國著名人像畫家雷諾茲爵士（Sir Joshua Reynolds）在倫敦學院宣稱藍色絕不可能用來做一幅畫的基調。另一人像畫家蓋因斯博洛（Thomas

Gainsborough）提出抗議。兩人的爭論轟動了倫敦。結果蓋因斯博洛完成了他那幅以藍色為基調，綠色為輔調的「藍童」，乃使藝術界相信這樣做法是可以成功的。雷諾茲爵士當初認為不可能，那是因為向古典畫中那種暗紅，淺金，以及不同層次的棕色去找規則。對於現代的觀眾，這種偏見豈不可笑？看慣了梵谷的藍色自畫像，畢卡索「藍色時期」的作品，以及馬爾克（Franz Marc）的藍馬群，還會有誰面對「藍童」大驚小怪？我們認為已經陳舊的作品，在十八世紀竟被認為不可能存在。安知後之視今，不如今之視昔？

另一個例子比前面的藍色之爭更嚴重，也更尖銳化。地點仍在倫敦，不過時間已在百年以後。這一次的問題也出在一位名人身上。羅斯金（Ruskin），十九世紀中葉英國最有勢力的藝術批評家，當時英國人藝術品味的代表人物，卻不能欣賞同時代的一位優秀畫家，惠斯勒（Whistler）。羅斯金欣賞的是羅賽蒂等「前拉菲爾派畫家」和後來影響法國印象派的竇納（Turner）。他竟然完全不能接受與印象派作風相近，好用音樂標題，頗受日本畫影響的惠斯勒，尤其是那幅《黑色與金色小夜曲》。羅斯金的攻擊形諸文字，他罵惠斯勒有意欺騙，他說「關於倫敦低級社會的無恥作風，前此我所見所聞也已不少，可是從未料想到，一個花花公子向觀眾的臉上傾潑整罐的顏料，竟敢索取兩百基尼！」惠斯勒乃向法院控告羅斯金公開毀謗，結果惠斯勒勝訴，可是根據判決，他僅得一枚銅幣的賠償，而訴訟費使他破產了。現在看來，惠斯勒並不偉大，也不很具革命性。他與印象派的大師戴嘉為友，可是印象派的兩大發現——瞬間印象之把握，與純粹色彩之並列以代替古典畫之諸色調和——之中，惠斯勒僅得其前者。他的作品仍太單薄，他的風景太纖細朦朧，他的人物太平面化。在我們嫌太保守的作品，十九世紀的藝術批評權威卻認為太新太古怪。同樣是一件藝術品，第一代的觀眾認為醜惡，荒謬，甚至傷風敗俗，到了第二代自然會欣然接受，到了第三代被懸之藝術之宮，奉為經典，而第四代恐怕就要唾之為古董了。一部藝術史就是這種好惡之交替。

（二）觀眾應有的認識

以上所說將等於廢話，如果親愛的觀眾不去看現代畫的展覽，或者欣賞現代畫的複製品。與其訴苦說現代畫難懂，不如多花點時間去嘗試接受。藝術的傳達是雙方面的。藝術品的優秀和觀眾的準備，皆是必須的條件。準備不夠成熟而斷言作品不好，一半損失仍在觀眾。以我個人經驗為例，我在譯《梵谷傳》前的四五年才開始接觸到梵谷的作品。開始我簡直覺得他的畫粗俗甚至醜惡，看他的畫，我的胃會微感不適。從厭惡到忍受，從忍受到接受，而熱愛，而介紹，其過程是緩慢然而是深刻的。然則觀眾應有些什麼基本認識呢？我願作下列的幾點建議。

（一）用你的直覺去體驗，不要用你的理性去了解；有了體驗，自然會有了解。藝術的欣賞等於生命的再經驗。畫家將他對生命的感受用色彩，線條，光影等保存在畫布上，讓觀眾透過這些媒介不斷地再經驗到他原來的那種感受。事實上，恐怕沒有一個觀賞者能銖兩悉稱地再經驗畫家原有的經驗。媒介的成功與否，以及觀賞者感受的能力，都是決定性的因素。畫家的工作與觀賞者的工作恰恰相反。畫家將某種性靈的經驗變為物質的符號，而觀賞者將物質的符號還原為性靈的經驗。用淺顯而方便的名詞說，便是畫家的活動由內容向形式，而觀賞者的活動由形式向內容，後者的活動正是直覺的活動。用直覺，你才會欣賞馬蒂斯的三手指與夏戈的七手指，才會欣賞畢卡索的兩面人與克利的鬼面信封，才會欣賞康定斯基的戲劇性的幾何構圖與米羅的形而上的線條遊戲。直覺的世界開始於常識世界的邊境。畫家的背景，技巧的說明，題材（如果有題材）的註解，創作的動機等等，只能「幫助」或「促進」你去欣賞，並非必要的條件。完全知道糖的化學成分及製造經過，而不能吃出糖是甜的，等於不知糖之為物。欣賞藝術亦可作如是觀。作品不是讓你去分析的，而是讓你去享受的。因此，你不可完全信賴批評家，教授，或任何作者。

（二）然而永遠用直覺作被動的接受，仍是不夠的。等到你久久喜歡一張畫後，你也許就會不安於相看兩嫵媚的忘我境界，而要主動地去發掘一些象徵的意味，整理一些形式的秩序，研究一些創作的原則。對於每一件作品，每一位畫家，你應該能攫住其基本的技巧及精神。你應該能發現梵谷以短而持續的波狀曲線創造出一個騷動的世界，塞拉以千萬點純粹的顏料點出一個安靜的世界（因此他的馬戲團就不成功）。你應該能把握塞尚厚實的體積感，康定斯基飄逸的音樂感；你必須看出畢卡索怪誕後面的幽默感，或是格羅茲（Grosz）混亂之中的道德感。然後你就能看出：整部現代藝術史，就技巧言，便是對於純粹形式的追求過程；就精神言，只是為了超越現實，肯定個性。一句話，由外而內，由形而下向形而上。

最後，我必須就觀眾最常犯的錯誤作一次正名的工作。篇幅所限，我不能在此詳釋現代的各種主義或派別。可是有兩個名詞的含義是必須澄清的：那就是印象派及抽象派。上至藝術大師，下至中學生，都愛把他們認為「看不懂」的畫叫做印象派或抽象派。加上一個象徵派，這三頭象實在夠我們一摸的。

印象主義（Impressionism）是十九世紀末年發生於巴黎的一個藝術運動。受了英國的竇納與康斯泰堡等畫家的啟示，復受謝夫洛爾及路德的光學原理與戴拉克魯瓦的日記所影響，這一派畫家主張：（一）一幅畫應該把握瞬間視覺感受物體的印象，而不是理性告訴我們的該物體在任何時間都應有的形狀。是以印象派畫中的物體都存在於一定時間及空間之中，而不是理性之中的觀念。（二）他們發現，即使在物體的陰影中，仍有變化萬狀層次不同的色彩，並非一片灰黑或暗棕色。而這種色彩的層次，與其用各種顏料調和起來表現，不如用不同的（往往是相對的）色彩相鄰並立來表現，而讓觀眾的視覺去調和，去接受綜合的效果。是以印象派的畫面，五光十色，令人感到這畢竟是一個有太陽的世界。

抽象藝術（abstract art）應有二解：廣義地說來，從立體主義、米羅、克利，以迄今日的純抽象畫，凡或多或少揚棄自然外貌的作品，皆得謂之抽象畫。塞尚將自然分割為幾何形，可說是抽象的開端，甚至馬內也自稱「將自然抽象化」。狹義地說來，純粹的抽象畫乃指完全放逐自然外貌而以色彩、線條等最基本的媒介來表達畫家內在性靈的作品。這一派的畫家要使繪畫追隨不落言詮，排除意義的音樂和建築。康定斯基自一九一〇年起，主張繪畫要純粹而富動感如音樂。蒙德里安自一九一七年起，主張繪畫要純粹而饒靜趣如建築，是為抽象畫二大觀念之先驅。由此看來，無論就廣義或狹義而言，抽象派都是反對印象派的。凡屬印象畫，皆或多或少地貌似自然，絕不至於不可辨認物體。讀者請比較印象派（圖三）和抽象派（圖四）的作品，當可明白。

五十年三月，美術節前夕

註：此文原為《現代知識》週刊而寫。限於版權問題，不再刊出當時見報的四幅插圖。按圖一為莫地里安尼的《紮辮子的女孩》，圖二為鮑蒂且利的《愛神之誕生》，圖三為莫奈的《擱淺的船》，圖四為克利的《火場》。

樸素的五月——「現代繪畫赴美展覽預展」觀後

中國古藝術品在美展覽已近尾聲。新大陸的觀眾在欣賞三千年來古中國藝術上的成就時，也許會有一個疑問：「不曉得這些偉大的傳統有沒有子孫來繼承？不曉得這個民族現代藝術的情形如何？」

真的，我們該怎麼回答這個問題呢？自有所謂西畫以來，中國的青年畫家們一直亦步亦趨於西歐畫壇之後，喝塞納河的河水，呼吸巴黎的車塵，其中有些畫家，迄今還掉在塞尚的顏料罐裡，爬不出來。另一半的畫家呢，那些國畫家們，絕大多數只是在直接模擬古典藝術，迄今仍有人形而下地徘徊在蜀山道上或瀟湘館裡。事實上，兩者都難與語繼承中國偉大的傳統。「徒讀父書」與「不讀父書」都不是佳子弟應有的表現。可喜的是，青年畫家們在異國流浪得太久，現在已經開始有點懷鄉了。他們住厭了香熱里熱和蒙馬特，也住厭了普洛汪斯和包浩斯。他們開始嘗試以受過現代藝術洗禮的新的敏感和技巧來探索生活於二十世紀的中國的靈魂。在他們的筆下，西方和東方漸趨接近。當然現在去融貫無間的境界尚有一段距離，可是方向既已確定，成功的希望已經增加。抽象是最時髦的，也是最古典的；如何使時髦的脫卻稚氣，且使古典的免於腐氣，如何使兩者化而為一，就是我們這些有才也有志的少壯派畫家的任務了。這次「現代繪畫赴美展覽」的舉辦，便是要讓剛看過中國古藝術品的人們，看看現在仍呼吸中國的空氣踐踏中國的泥土的一代，究竟在想些什麼。

這次展出的作品，絕大多數屬於「五月畫會」，計有廖繼春、楊英風、胡奇中、馮鍾睿、劉國松、莊喆、王無邪、吳璞輝、謝理發、韓湘寧、彭萬墀等十一人的近作約四十幅。我於五月二十日夜間去歷史博物館看了兩小時。大致上說來，「五月畫會」的水準比去年提高了，作風也頗有變化。那天夜裡，我走出歷史博物館，滿月當空，圓得令人想戀愛，亮得沒有一顆雀斑。我的印象是：「這是一個樸素的五月」。

我說「樸素」，是因為，除了少數例外（例如廖繼春先生），這次展出的作品都是純抽象的，而且是單色的（monochromatic），而且是以灰黑為主調的單色。在近代畫的色彩發展史上，從康斯泰堡，戴拉克魯瓦，巴比松派一直到印象派，可以說都是朝對照鮮麗的複色（polychromatic）的方向走的。梵谷、塞拉在這方面已經走到極端，到了野獸主義，簡直把顏料匣打翻了。這其間，恐怕只有塞尚比較傾向樸素的單色。及立體派出現，野獸派的複色始為單色所代替，然而立體派繁複交疊的幾何形又妨礙了單色的統一。其後乃出現德洛內（Delaunay）的奧菲厄斯主義和意大利的未來主義，以如虹的光譜來補立體派單調的缺憾。甚至在抽象的早期，康定斯基、克利、米羅、馬林等，仍是目迷五色，繽繽紛紛的。一直到深受東方影響的哈同、克萊茵，及（某一面的）巴洛克等出現，樸素的單色乃成為抽象的最純粹的表現。這次五月畫展之頗饒東方趣味，與普遍的使用（尤其是黑色的）單色有關。

不過，回到東方固然很好，忘掉這是現代卻不行。東方是靜的，可是出現在現代畫中的東方應該是凝鍊、堅定、充實的靜，不是鬆散、游移、空洞的靜。這種靜，應該是力的平衡，而不是力的鬆懈，應該是富於動底潛力的靜，而不是動的終止。東方應是積極的，不是消極的。抽象的東方是高度的東方，也是最難把握的。以下試分別敘述我個人對畫家們的看法。

（一）廖繼春：以一個前輩畫家而從事現代的探索的廖先生，是值得少壯派敬禮，保守派反省的。展出諸作，均屬半抽象風格，色彩對照強烈，畫面洋溢活力，近於未來主義中的塞維里尼（Gino Severini）。一幅靜物，是較樸素的蓬納（Pierre Bonnard）。大致的印象是，明豔有餘，沉著不夠，止於視覺，未入靈界。廖先生受巴黎派的影響深了一點。聽說他尚有純抽象作品，惜乎未加展出。

（二）楊英風：展出六幅抽象畫。其中《有鳳來儀》和《逆流而上》兩幅，以交叉的粗線條表現，頗大膽，但前者還不夠堂皇富麗，後者也不夠有力，兩者都是粉底太濃，有礙樸素，水墨太淡也太浮，日味太重。其他四幅的風格比較一致，大抵傾向於工整而細密的表現。楊先生是自由中國的大雕塑家，在平面藝術上，亦以版畫特別見長。他的副產品總不如正產品。楊先生以為然否？

（三）胡奇中：風格素來統一的胡先生，這次在構圖上已呈變化，但仍保持昔日之嫵媚。除《六二〇七》號外，其他各幅在前後景的區分上較以往活潑不拘，橙黃取代了嫵紫。黑線條加粗了，但其效果仍是嫵媚的。《六二〇四》與《六二〇六》有點重覆。希望胡先生繼續變下去。

（四）馮鍾睿：他的構圖和去年五月畫展時仍大同小異，可是表現已趨成熟。在這種類型中，他已經把去年要說的話說出來了。去年我在畫評中說馮先生「頗具東方式的含蓄，而無東方式的凝鍊」，可是今年我覺得他已經克服了後者，厚重了起來。尤其是《壬寅〇六》那一幅，淡藍的背景上壓著大塊的蒼青色，且以黑線強調輪廓，堅實而有氣魄，望之凝重如山嶽。《壬寅〇七》以灰綠為背景，而鎮之以大塊的鈍棕黑色，亦甚厚重。《壬寅〇八》以暗腥紅為基調，但稍嫌浮動。其他兩幅，均分左右兩塊低沉的色調，較富靜感。大致上說來，馮先生的前景有一種龐大感，壓得退守一隅的背景透不過氣來。

（五）劉國松：這位畫家的畫又有了新的面貌。從初期的龍飛鳳舞，到晚近的淋漓直下，再到今日的風格，劉先生一直在求變，一直在求以西畫技巧表現國畫精神。現在他連技巧也中國化起來了。異於去年「五月畫展」時以石膏打底所獲的浮雕感，今年的作品大半先以水墨作前景，再以類似版畫的手法蒙上淺青色的背景。有些更朦朧的效果則來自畫紙背面的烘托。這五幅作品都企圖不落形跡地表現抽象的古典精神，好讓欣賞者一看就認出它們是國畫山水的律動和氣韻，而不能指認何為亭臺，何為雲樹。最能取悅觀眾的恐怕是《故鄉，我聽到你的聲音》那一幅，有人說它像某幅中國古典畫，我恍然覺得它（尤其是上半部）有點像艾爾・格瑞科的《多勒多風景》（*View of Toledo*）。最成功的一幅還是《鳴蟲的季節》，色暗而沉，灰得有重量，夠美。有兩幅的粉青色背景太嫩了一點。甚至《故鄉，我聽到你的聲音》中的水墨筆法，我也覺得柔弱了一點，節奏不夠爽朗，力量未能貫注，細線條似乎多餘。這個方向是有趣的，只等畫家把我們帶得更遠一點。劉先生是五月的大將，也是和我私交最密的一位，我必不可把他輕輕放過。

（六）莊喆：看到他的近作，我坐了下來。我對他說：「去年看你的畫，我覺得該站著看。」去年五月畫展中，莊先生的畫皆以直線矗立作縱的發展，它表現的是力，是欲突破束縛的爆炸。今年他變了。新婚後的他，生活在女性的長期陪伴中，乃展現了他嫵媚的一面。曾經是戲劇的，現在變成抒情的，曾經是縱立的，現在變成橫臥的，曾經是直線的，現在變成曲線的了。和劉國松先生一樣，他也開始「以不畫為畫」，留出供幻想飛馳的大片空白來。這種效果，在《茫》一圖中特別顯著，那豪爽的白底，有一種逼人注目的鮮麗，抒情極了。這種嫵媚比胡奇中先生所表現的要瀟灑一點。我覺得這次展出的六幅中，以《茫》，《雲影》，《荒》，《故園情》四幅較佳。黑線的輪廓，灰和黃的浸染，和慷慨的白，給人的感覺是樸素中帶爽朗的美，《茫》的右上角，有一塊斑剝侵蝕地帶，非但不蒼老，反而很新鮮。《角逐中之黃昏與夜》，線條蕪雜，色調零亂，雖說主題就是如此，終覺是失敗之作。我頗覺自己目前在現代詩中的風格，近於莊先生。現代文學和藝術，據說都是要表現苦悶、矛盾、掙扎，甚至虛無。我不認為這有必然性，我想莊先生也有同感。看了這次五月畫會明朗的東方風格，某些尚未能跳出超現實迷魂陣的現代詩人，似乎可以靜靜地反省一下了。

（七）王無邪：王先生一向在香港，現在紐約研究。他是詩人葉維廉的好朋友，最近更和莊喆先生通信。兩位畫家對現代畫的方向有過不同的看法，他們的信均發表於上一期的《文星》（見五五號該刊所載〈由兩封信說起〉一文）。王先生強調東方的傳統，反對表現主義（如盧阿）那種「痙攣式緊張」和衝動的表現，嚮往東方物我相忘的「自然流露」。莊先生則認為安詳與激動是古典與現代之分，非東方西方之異，他認為工具（如毛筆）只能影響技巧，不能決定實質，又強調自我在藝術上的重要性。簡言之，王主流露，莊主表現。事實上，去年的莊先生確是「表現的」。無論如何，今年莊先生已由表現趨向流露，由掙扎趨向平衡了。可是他仍不像王先生那麼神祕，含蓄，收斂，甚至低沉。莊的東方感是抒情的，王的東方感卻是思考的。王先生以毛筆表現水墨趣味，樸素到儉省的單色背景上，作淡淡的線條的變化。兩幅山水於東方趣味外，尚有唐基（Yves Tanguy）的感覺。我認為，這些畫固已爐火將青，自給自足，可是太潛默，太低沉了一點。成熟固為一切藝術家所追求，但是少年老成，終不相宜。

（八）吳璞輝與謝理發：請原諒我將他們合為一談。以前我不太熟悉他們的發展，目前展出的又僅寥寥數幅（吳二謝一），沒有參照，無法比較。大致上說來，謝厚重而吳輕盈。我不太明白謝先生的《尋》要表現些什麼，而用色也似太沉悶。吳先生的《夏日的驟雨》近於王無邪先生，他的《薄暮》一圖甚饒國畫趣味，但我簡直不能決定究竟喜不喜歡這種畫法。

（九）韓湘寧：他的表現有點令我失望。這次展出的三幅中，僅《不空》一幅較有新意，其他兩幅仍是舊風格，也許《膜拜》上重下輕的構圖是以前罕見的吧。大致上這三幅仍以灰金黃色如碑的巨塊為前景，而襯之以低調的乳白。《不空》以這種低沉的灰白圍繞暗金黃的球形，而球形之中，復以右側迤邐而下的六星，左側的白條，和居中的黃紋變化之。值得注意的，上端覆以破漁網一條，紋路很沉著耐看。《不空》穩定博大，有宗教的境界。我們得原諒這位極有潛力的畫家一年來的歉收：他接受軍訓，遠駐澎湖，創作不便。

（十）彭萬墀：這位少壯畫家的出現，正如去年韓湘寧先生的崛起一樣，是現代畫有力的支援。現仍在師大藝術系讀書的彭萬墀同學，在某些方面有點受韓湘寧的影響，然而富於潛力，即這次展出的五幅，已經表現出兼具秀逸和凝重的風格。《彌縫》和《超渡》兩幅展示出對技巧的大膽追求，結果甚為有趣。《彌縫》技巧最複雜，可以說集油畫，集錦，空間於一畫，公式化之，即：

oil + collage + hole

or, Miro + Picasso + Arp

《超渡》右方的三個洞，空得極有詩意，加上暗紅與灰黑色的背景，甚具燭殘淚凝的荒涼感。左方的五枝金頭黑杖排列得很富神祕意味。全畫特具哀傷而清遠的神韻。《彌縫》技巧雖妙，但嫌太工，反不如《超渡》的集中。其他三幅，《屠》、《錮》、《關》均濃厚龐大，用色沉雄，有重量，有魄力。《錮》以深黑、瓦灰，和土棕三色交疊成趣，中貼暗紅色的漢畫翻版，效果甚佳。

此外，同時展出的一些具象畫，亦甚堅強，可以用作「只會亂畫」的反證。綜觀全體作品，我的印象是，頗有進展，雖然有的快些，有的慢些。最值得其他現代主義者注意的是：大多數的畫家已有了東方的自覺，開始追求一些正面的價值和自然的表現，而逐漸免於西方現代主義那種「痙攣式」的緊張和混亂。楊英風先生神往「我國華美淵博的文化」，馮鍾睿先生要「把自我表露得更為明晰」，劉國松先生尊重「東方豐富的傳統」，韓湘寧先生以為「藝術必須求得理性與感情之調和」，凡此皆說明現代畫家們已經比現代詩人們走前了一步，要尊重傳統，揚棄對於西方的盲目學習了。中西文化的論戰正在高潮，其範圍固然廣闊，衝突固然劇烈，可是還不如現代詩和現代畫面臨的矛盾那麼具體而實際。藝術家恆走在文化界的最前端，早在數年前，他們的觸角已經接觸到中西衝突的問題了，只是他們不落言詮地默默地在尋求解決之道。他們的革命是在六百字的稿紙和畫布上進行的。只是當楊傳廣一躍成名時，任何人都知道那一定是幾尺幾吋高的成就，而當一個莊喆或一個楊英風一箭射中了美底紅心時，那些只看見林黛的口紅而看不見這紅心的患色盲的小市民們，茫然罷了。

最後，我不可忘記一提，即這次展出的作品並非代表全國，用「現代繪畫赴美展覽」的名義，不如直接了當用「五月畫會赴美展覽」的名義好。

五十一年五月廿一日午夜

石城之行

一九五七年的雪佛蘭轎車，以每小時七十英里的高速在愛奧華的大平原上疾駛。北緯四十二度的深秋，正午的太陽以四十餘度的斜角在南方的藍空滾著銅環，而金黃色的光波溢進玻璃窗來，撫我新剃過的臉。我深深地飲著飄著草香的空氣，讓北美成熟的秋注滿我多東方回憶的肺葉。是的，這是深秋，亦即北佬們所謂的「小陽春」（Indian Summer），下半年中最值得留戀的好天氣。不久寒流將從北極掠過加拿大的平原南侵，那便是戴皮帽，穿皮衣，著長統靴子在雪中掙扎的日子了。而此刻，太陽正凝望平原上作著金色夢的玉蜀黍們；奇蹟似的，成群的燕子在晴空中呢喃地飛逐，老鷹自地平線升起，在遠空打著圈子，覬覦人家白色柵欄裡的雞雛，或者，安格爾教授告訴我，草叢裡的野鼠。正是萬聖節之次日，家家廊上都裝飾著畫成人面的空南瓜皮。排著禾墩的空田盡處，伸展著一片片緩緩起伏的黃豔豔的陽光，我真想請安格爾教授把車停在路邊，讓我去那上面狂奔，亂嚷，打幾個滾，最後便臥仰在上面曬太陽，睡一個童話式的午睡。真的，十年了，我一直想在草原的大搖籃上睡覺。我一直羨慕塞拉的名畫，《星期日午後的大碗島》中懶洋洋地斜靠在草地上幻想的法國紳士，羨慕以抒情詩的節奏跳跳蹦蹦於其上的那個紅衣小女孩。我更羨慕鮑羅丁在音樂中展露的那種廣闊，那種柔和而奢侈的安全感。然而東方人畢竟是東方人，我自然沒有把這思想告訴安格爾教授。

東方人確實是東方人，諾，就以坐在我左邊的安格爾先生來說，他今年已經五十開外，出版過一本小說和六本詩集，做過哈佛大學的教授，且是兩個女兒的爸爸了；而他，戴著灰格白底的鴨舌小帽，穿一件套頭的毛線衣，磨得發白的藍色工作褲，和（在中國只有中學生才穿的）球鞋。比起他來，我是「紳士」得多了；眼鏡，領帶，皮大衣，筆挺的西裝褲加上光亮的黑皮鞋，使我覺得自己不像是他的學生。從反光鏡中，我不時瞥見後座的安格爾太太，莎拉和小花狗克麗絲。看上去，安格爾太太也有五十多歲了。莎拉是安格爾的小女兒、十五歲左右，面貌酷似爸爸——淡金色的髮自在地垂落在頸後，細直的鼻子微微翹起，止於鼻尖，形成她頑皮的焦點，而臉上，美國小女孩常有的雀斑是不免的了。後排一律是女性，小花狗克麗絲也不例外。她大概很少看見東方人，幾度跳到前座來和我擠在一起，斜昂著頭打量我，且以冰冷的鼻尖觸我的頸背。

昨夜安格爾教授打電話給我，約我今天中午去「郊外」一遊。當時我也不知道他所謂的「郊外」是指何處，自然答應了下來。而現在，我們在平而直的公路上疾駛了一個多小時，他們還沒有停車的意思。自然，老師邀你出遊，那是不好拒絕的。我在「受寵」之餘，心裡仍不免懷著鬼胎，正覺「驚」多於「寵」。他們所謂請客，往往只是吃不飽的「點心」。正如我上次在他們家中經驗過的一樣——兩片麵包，一塊牛油，一盤蕃茄湯，幾塊餅干；那晚回到宿舍「四方城」中，已是十一點半，要去吃自助餐已經太遲，結果只飲了一杯冰牛奶，餓了一夜。

「保羅，」安格爾太太終於開口了，「我們去安娜摩莎（Anamosa）吃午飯罷。我好久沒去看瑪麗了。」

「哦，我們還是直接去石城好些。」

「石城」（Stone City）？這地名好熟！我一定在哪兒聽過，或是看過這名字。只是現在它已漏出我的記憶之網。

「哦，保羅，又不遠，順便彎一彎不行嗎？」安格爾太太堅持著。

「O please, Daddy!」莎拉在思念她的好朋友琳達。

安格爾教授 O. K.了一聲，把車轉向右方的碎石子路。他的愛女兒是有名的。他曾經為兩個女兒寫了一百首十四行詩，出版了一個單行本《美國的孩子》（*American Child*）。莎拉愛馬；他以一百五十元買了一匹小白馬。莎拉要騎馬參加愛奧華大學「校友回校大遊行」，父親巴巴地去二十哩外的俄林（Olin）借來一輛拖車，把小白馬載在拖車上，運去遊行的廣場；因為公路上是不准騎馬的。可是父母老後，兒女是一定分居的。老人院的門前，經常可以看見坐在靠椅上無聊地曬太陽的老人。這景象在中國是不可思議的。我曾看見一位七十五歲（一說已八十）步態蹣跚的老工匠獨住在一座頗大的空屋中，因而才了解佛洛斯特（Robert Frost）〈老人的冬夜〉一詩的淒涼意境。

不過那次的遊行是很有趣味的。平時人口僅及二萬八千的愛奧華城，當晚竟擠滿了五萬以上的觀眾——有的自香柏灘（Cedar Rapids）趕來，有的甚至來自三百哩外的芝加哥。數哩長的遊行行列，包括競選廣告車、賽美花車、老人隊、雙人腳踏車隊、單輪腳踏車、密西西比河上的古畫舫、開闢西部時用的老火車，以及四馬拉的舊馬車，最精彩的是老爺車隊；愛奧華州全部一九二〇年以前的小汽車都出動了。一時街上火車尖叫，汽船鳴笛，古車蹣跚而行，給人一種時間的錯覺。百人左右的大樂隊間隔數十丈便出現一組，領先的女孩子，在四十幾度的寒夜穿著短褲，精神抖擻地舞著指揮杖，踏著步子。最動人的一隊是「蘇格蘭高地樂隊」（The Scottish Highlanders），不但陣容壯大，色彩華麗，音樂也最悠揚。一時你只見花裙和流蘇飄動，鼓號和風笛齊鳴，那嘹亮的笛聲在空中迴盪而又迴盪，使你悵然想起史各特的傳奇和彭斯的民歌。

汽車在一個小鎮的巷口停了下來，我從古代的光榮夢中醒來。向一隻小花狗吠聲的方向望去，一座小平房中走出來一對老年的夫妻，歡迎客人。等到大家在客廳坐定後，安格爾教授遂將我介紹給鮑爾先生及太太。鮑爾先生頭髮已經花白，望上去有五十七八的年紀，以皺紋裝飾成的微笑中有一影古遠的憂鬱，有別於一般面有得色、頤有餘肉的典型美國人。他聽安格爾教授說我來自臺灣，眼中的淺藍色立刻增加了光輝。他說二十年前曾去過中國，在廣州住過三年多；接著他講了幾句迄今猶能追憶的廣東話，他的目光停在虛空裡，顯然是陷入往事中了。在地球的反面，在異國的深秋的下午，一位碧瞳的老人竟向我娓娓而談中國，流浪者的鄉愁是很重很重了。我回想在香港的一段日子，那時母親尚健在……

莎拉早已去後面找小朋友琳達去了，安格爾教授夫婦也隨女主人去地下室取酒。主客的寒暄告一段落一切落入冷場。我的眼睛被吸引到牆上的一幅翻印油畫：小河、小橋、近村、遠徑，圓圓的樹，一切皆呈半寐狀態，夢想在一片童話式的處女綠中；稍加思索，我認出那是美國已故名畫家伍德（Grant Wood, 1892-1942）的名作《石城》（*Stone City*）。在國內，我和咪也有這麼一小張翻版；兩人都說這畫太美了，而且靜得出奇，當是出於幻想。聯想到剛才車上安格爾教授所說的「石城」，我不禁因吃驚而心跳了。這時安格爾教授已回到客廳裡，發現我投向壁上的困惑的眼色，朝那幅畫瞥了一眼，說：

「這風景正是我們的目的地。我們在石城有一座小小的夏季別墅，好久沒有人看守，今天特別去看一看。」

我驚喜未定，鮑爾先生向我解釋，伍德原是安格爾教授的好友，生在本州的香柏灘，曾在愛奧華大學的藝術系授課，這幅《石城》便是伍德從安格爾教授的夏屋走廊上遠眺石城鎮所作。

匆匆吃過「零食」式的午餐，我們別了鮑爾家人，繼續開車向石城疾駛。隨著沿途樹影的加長，我們漸漸接近了目的地。終於在轉過第三個小山坡時，我們從異於伍德畫中的角度眺見了石城。河水在斜陽下反映著淡鬱鬱的金色，小橋猶在，只是已經陳舊剝落，不似畫中那麼光采。啊，磨坊猶在，叢樹猶在，但是一切都像古銅幣一般，被時間磨得黯澹多了；而圓渾的山巒頂上，只見半黃的草地和零亂的禾墩，一如黃金時代的餘灰殘燼。我不禁失望了。

「啊，春天來時，一切都會變的。草的顏色比畫中的還鮮！」安格爾教授解釋說。

轉眼我們就駛行於木橋上了；過了小河，我們漸漸盤上坡去，不久，河水的淡青色便蜿蜒在俯視中了。到了山頂，安格爾教授將車停在別墅的矮木柵門前。大家向夏屋的前門走去，忽然安格爾太太叫出聲來，原來門上的鎖已經給人扭壞。進了屋去，過道上、客廳裡、書房裡，到處狼藉著破杯、碎紙，分了屍的書，斷了肢的玩具，剖了腹的沙發椅墊，零亂不堪，有如兵後劫餘。安格爾教授一聳哲學式的兩肩，對我苦笑。莎拉看見她的玩具被毀，無言地撿起來捧在手裡。安格爾太太絕望地訴苦著，拾起一件破家具，又丟下另一件。

「這些野孩子！這些該死的野孩子！」

「哪裡來的野孩子呢？你們不能報警嗎？」

「都是附近人家的孩子，中學放了暑假，就成群結黨，來我們這裡胡鬧、作樂、跳舞、喝酒。」說著她拾起一隻斷了頸子的空酒杯，「報警嗎？每年我們都報的，有什麼用處呢？你曉得是誰闖進來的呢？」

「不可以請人看守嗎？」我又問。

「噢，那太貴了，同時也沒有人肯做這種事啊！每年夏天，我們只來這裡住三個月，總不能僱一個人來看其他的九個月啊。」

接著安格爾太太想起了樓上的兩大間臥室和一間客房，匆匆趕了上去，大家也跟在後面。凌亂的情形一如樓下；席夢思上有污穢的足印，地板上橫著釣竿，滾著開口的皮球。嗟嘆既畢，她也只好頹然坐了下來。安格爾教授和我立在朝西的走廊上，倚欄而眺。太陽已經在下降，暮靄升起於黃金球和我們之間。從此處俯瞰，正好看到畫中的石城；自然，在藝術家的畫布上，一切皆被簡化、美化，且重加安排，經過想像的沉澱作用了。安格爾教授告訴我說，當初伍德即在此廊上支架作畫，數易其稿始成。接著他為我追述伍德的生平，說格蘭特（Grant，伍德之名）年輕不肯做工，作畫之餘，成天閒逛，常常把膠水貼成的紙花獻給女人，不久那束花便散落了，或者教小學生把燈罩做成羊皮紙手稿的形狀。可是愛奧華的人們都喜歡他，朋友們分錢給他用，古玩店懸賣他的作品，甚至一位百萬財主也從老遠趕來赴他開的波希米亞式的晚會——他的臥室是一家殯儀館的老闆免費借用的。可是他鄙視這種局限於一隅的聲名，曾經數次去巴黎，想要征服藝術的京都。然而巴黎是不容易征服的，你必須用巴黎沒有的東西去征服巴黎；而伍德只是一個摹倣者，他從印象主義一直學到抽象主義。他在塞納路租了一間畫展室，展出自己的三十七幅風景，但是批評界始終非常冷淡。在第四次遊歐時，他從十五世紀的德國原始派那種精確而細膩的鄉土風物畫上，悟出他的藝術必須以自己的故鄉，以美國的中西部為對象。趕回愛奧華後，他開始創造一種樸實、堅厚，而又經過藝術簡化的風格，等到《美國的哥德式》一畫展出時，批評界乃一致承認他的藝術。不過，這幅《石城》應該仍屬他的比較「軟性」的作品，不足以代表他的最高成就，可是一種迷人的純真仍是難以抗拒的。

「格蘭特已經死了十七年了，可是對於我，他一直坐在這長廊上，做著征服巴黎的夢。」

橙紅色的日輪墜向了遼闊的地平線，秋晚的涼意漸濃。草上已經見霜，薄薄的一層，但是在我，已有十年不見了。具有圖案美的柏樹尖上還流連著淡淡的夕照，而腳底下的山谷裡，陰影已經在擴大。不知從什麼地方響起一兩聲蟋蟀的微鳴，但除此之外，鳥聲寂寂，四野悄悄。我想念的不是亞熱帶的島，而是嘉陵江邊的一個古城。

歸途中，我們把落日拋向右手，向南疾駛。橙紅色彌留在平原上，轉眼即將消滅。天空藍得很虛幻，不久便可以寫上星座的神話了。我們似乎以高速夢遊於一個不知名的世紀；而來自東方的我，更與一切時空的背景脫了節，如一縷遊絲，完全不著邊際。

四十七年十一月於愛奧華城

塔阿爾湖

一過大雅台，山那邊的世界倏地向我撲來。數百里闊的風景，七五厘米銀幕一般，迎眸舒展著。一瞬間，萬頃的藍——天的柔藍，湖的深藍——要求我盈寸的眼睛容納它們。這種感覺，若非啟示，便無以名之了。如果你此刻擰我的睫毛，一定會擰落幾滴藍色。不，除了藍，還有白，珍珠背光一面的那種銀灰的白。那是屬於頗具芭蕾舞姿但略帶性感的熱帶的雲的。還有綠，那是屬於湖這面山坡上的草地，椰林和木瓜樹的。椰林並不美，任何椰樹都不美；美的是木瓜樹，挺直的淡褐色的樹幹，頂著疏疏的幾片葉子，只要略加變形，丹鋒說，便成為甚具幾何美的現代畫了。還有紫，迷惘得近乎感傷的紫，那自然屬於湖那邊的一帶遠山，在距離的魅力下，製造著神祕。還有黃，全裸於上午十時半熱帶陽光下的那種略帶棕色的亮晃晃的豔黃，而那，是屬於塔阿爾湖心的幾座小島的。

如果你以為我在用莫奈的筆畫印象派的風景，那你就誤會我的意思了。此刻偃伏於我腳下的美，是原始而性感的，並非莫奈那種七色繽紛的嫵媚。它之異於塞納河，正如高敢的大溪地裸女之異於巴黎的少婦。這是北緯十四度的熱帶風景，正如菲律賓的女人所具的美，是北緯十四度的熱帶陽光髹漆而成的一樣。不知你注意過她們的膚色沒有？諾，我怎麼說呢，那種褐中帶黑，深而不暗，沃而不膩，細得有點反光的皮膚，實在令我嘴饞。比起這種豐富而且強調的深棕色，白種女人的那種白皙反而有點做作，貧血，浮泛，平淡，且帶點戶內的沉悶感。

說起高敢，丹鋒的手勢更戲劇化了。他是現代畫家，對於這些自然比我敏感。指著路邊椰林蔭裡的那些小茅屋，他煽動地說：

「看見那些茅屋嗎？竹編的地板總是離地三、四尺高，架空在地上，搭一把竹梯走上去，涼快，簡潔。你應該來這兒住一夜，聽夜間叢林中的萬籟，做一個漢明威式的夢。或者便長住在這裡，不，不要住在這裡，向南方走，住在更南的島上，娶一個棕色皮膚亮眼睛的土女，好像高敢那樣，告別文明，告別霓虹燈和警察，告別四面白牆形成的那種精神分裂症和失眠。」

「像高敢那樣，像高敢那樣……」我不禁喃喃了。「來到這裡，我才了解高敢為什麼要把他那高高的顴骨埋在大溪地島上，而且拋掉那位丹麥太太，把整個情慾傾入棕色的肉體裡……是嗎？……不要再誘惑我了，You Satan！我有一個很美的妻，兩個很乖的女兒，我準備回到她們的身邊！」

遊覽車上的女孩們笑成了一個很好聽的合唱隊。到了車站，我們躍下草地，在斜斜的山坡上像滑雪者一般半滑行者。涼爽得帶點薄荷味的南風迎面拂來，氣溫約在七十度左右。馬尼拉熱得像火城，或者，更恰當地說，像死海，馬尼拉的市民是一百萬條鹹魚，周身結著薄薄的一層鹽花。而此地，在海拔二千公尺的大雅台山頂，去馬尼拉雖僅二小時路程，氣候卻似夏末秋初之際。陽光落在皮膚上，溫而不炙，大家都感到頭腦清新，肺部鬆散。

在很瀟灑的三角草亭下，各覓長凳坐定，我們開始野餐，野餐可口可樂，橘汁，椰汁，葡萄，烤雞，麵包，也野餐塔阿爾湖的藍色。畫家們也開始調顏料，支畫架，各自向畫紙上捕捉塔阿爾湖的靈魂。在圍觀者目光的焦點上，丹鋒，這位現代畫家，姑妄畫之地畫者，他本來是反對寫生的。洪洪原是水彩畫的能手，他捕捉的過程似乎最短。藍哥戴著梵谷在阿爾戴的那種毛邊草帽，一直在埋怨，塔阿爾湖強烈的色彩屬於油畫，不是抒情的水彩所能表現。有趣的是，畫家們巴巴地從馬尼拉趕來就湖，湖卻閒逸而固執地臥在二千公尺下，絲毫不肯來就畫家。出現畫紙上的只是塔阿爾湖的貧弱的模倣。而女孩子們竊語著，吃吃地笑著，很有耐心地看著。我想的是高敢的木屐和史蒂文森的安魂曲，以及土人究竟用哪種刀殺死麥哲倫。

然而這是假日。空中嗅得到星期日的懶惰，熱帶植物混合的體香。芒果，香蕉，椰子，木瓜，金合歡，榴槤，和女孩們的髮與裙。每一陣風自百里外吹來，都以那麼優美的手勢掀起她們的髮。對著這一切跳動的豐富和豪華，我閉上了眼。一過巴士海峽，生命乃呈異樣的色彩。一個月前，我在臺灣的北部，坐在一扇朝北的窗下寫一首憂鬱的長詩。俯視我完成那苦修的工作的，是北極星，那有著長鬚的北極星。現在，我發現自己踩的是高敢的世界，黎剎的世界，曼納薩拉與賀賽・賀雅的世界——被西班牙混血種的大眼睛和馬尼拉灣水平線上的桃色雲照亮的一個世界。

幾天前的夜間，詩人本予帶我們去**Guernica**。那是一間西班牙風的酒店。節奏統治著那世界。彈吉他的菲律賓人唱著安達路西亞的民歌，臺下和著，有節奏地頓足而且拍手，人們都回到自己當初出發的地方。唐吉訶德們遂哭得很浪漫主義。幽幽的壁燈映著戈耶的鬬牛圖和魯本斯的貴族婦女。我們的臉開始作畢卡索式的遁形。在狂熱的**hurrah**聲中，每個人都向冰威斯忌杯中溺斃憂煩。

另一個夜裡，我發現自己成為蘇子的賓客。那是馬尼拉有數的豪華酒店之一。（本予說，他沒有一次進去不先檢查自己的錢夾，這話我每次想起都好笑。）壁燈的柔光自天花板上淡淡地反映下來，人們的臉朦朧如古老的浮雕。少焉，白衣黑褲的侍役為我們上燭。乳白的燭，昏黃的光，雕空的精緻的燭罩與古典的燭臺，增加了室內的清幽和窗外的深邃。蘇子愀然，客亦愀然。大家似乎在傾聽，聽流星落在馬尼拉灣裡，而海水不減其鹹。夜很緘默，如在構思一首抒情詩，孵著一個神祕的蛋。終於蘇子開口了。蘇子說，夜還很年輕，這酒店不到半夜是不會熱鬧的。可是我們在熱鬧之前來此。黑人琴師的黑指在分外皎白的琴鍵上揮開了一階旋律。空氣振盪著。蕭邦開始自言自語。這是歐洲，歐洲的夜與燭。於是蘇子恢復愀然，客亦愀然。

「看哪，詩人又在寫詩了！」美美的呼聲使我落回呂宋島上。我從她手中接過椰子，恍惚地吸著椰汁。「我是一隻具有複生命的巫貓，一瞬間維持著重疊的悲劇。」在那首陰鬱的長詩中，我曾如此寫過。我的生命從來沒有完整過。黃用出國的前夕，我對他說，「現在你可以經驗五馬分屍了。」黃用以為說中了他的感覺。翻開嘉陵江邊的任何卵石，你可以看見我振翼飛去。同樣地，你也可以翻開淡水河邊，愛奧華河邊，或是溫哥華海濱的任何石塊。正如一過巴士海峽，我將發現自己曾蛻皮於南呂宋的海岸。

兩小時後，我們的車繞湖半周，在一座頗現代化的建築物前氣咻咻停下。我們坐在那餐館的大幅玻璃窗內，看另一角度的塔阿爾湖，而且以銀匙挖食剖成半圓的椰殼中盛著的冰淇淋。將近下午五點的光景，樹影延長著。地平線上，暮雲靉靆，迤邐如帶，可百餘里。俯視湖心，三座小島迎著斜日依次而立。最前面的那座最小，頂端陷入如盆，那便是有名的塔阿爾火山。山色介於橙黃與茶褐之間，在陽光下，特別濃豔耀眼，宜於拍彩色片。土人叫它做「造雲者」或「恐怖的東西」，它一怒吼，菲律賓人的煩惱便開始了。詩人穎洲與亞薇告訴我說，在十八世紀，它曾爆發過幾次，毀了附近好幾座鎮市。最近的一次在一九一一年一月三十日，先是噴煙且流溢溶漿，繼以轟然爆炸，溶液、泥塊與灰燼摧毀了九十方英里的面積，威力所及，甚至遠達八百方英里的範圍。遭難村莊甚多，死者共一千三百餘人。痙攣性的震動持續了一個星期，到二月八日才恢復常態。此刻它悄悄地夢寐在下午的靜謐中，像未斷奶的嬰孩。誰能斷定下一刻它不會變成憤怒的巨人？塔阿爾湖長十七英里，寬十英里半，深十公尺許，湖面高出海面僅二公尺半。大雅台海拔二千尺，因此俯瞰湖面，下臨涵虛，視域開闊，兩岸山峰奇而秀，嶙峋入湖，猶如五指，十分壯觀。他們都說，塔阿爾湖之美，猶稍遜日月潭。我沒見過日月潭，無從比較，但我想，日月潭無此豁然開朗的遠景。

歸途上，看魁梧的大雅台漸漸立起，遮住山後的另一世界。風在我們鬢邊潺潺瀉過，涼意從肘彎襲向腋下，我們從秋天馳回夏天。不久我們便將奔馳於平原，去加入死海中那百萬條鹹魚群了。

五十年五月七日於馬尼拉

註：（一）大雅台 Tagaytay
（二）塔阿爾湖 Taal Lake

重遊馬尼拉

——出席「亞洲作家會議」散記

去年耶誕前夕，因參加中華民國筆會代表團出席「亞洲作家會議」（Asian Writers' Conference），去最近的鄰國菲律賓作客十天，在馬尼拉度過耶誕與新年。在我，馬尼拉已是重遊。一九六一年春天，我曾和王藍、王生善二位先生應我國駐菲大使館之邀，去馬尼拉「講學」。唯上次訪菲，為期雖有三週，但授課之餘，接觸面限於華僑社會。這次重遊，雖匆匆一旬，但國際場合，接觸面較寬，交際量亦較大。印象繽紛交疊，有如未來主義的畫面，稍加整理，似亦頗有可述者。正面的洋洋大文，已有同行其他代表詳為撰寫，本文只好避重就輕，多作側面的報導了。

冬天裡的夏天

美麗的千島國浸在暖暖的太平洋裡，這裡是永恆的夏季。菲律賓半裸在八十度的陽光中。這種生氣蓬勃的世界，令我想起英國現代詩人葉慈的那首詩，〈航向拜占庭〉（Sailing to Byzantium）。踏上呂宋島，第一位在機場歡迎我們的，不是亞薇或亞佩瓦（N. Veloso Abueva），是夏季。空氣鬆軟而有情。我們把臺北的冷峻呼出去，吸進馬尼拉的溫暖。馬尼拉的夜是開敞而不寐的。何況這是耶誕的前夕。已經是子夜了，霓虹仍流動著，支撐著半壁天的繁華。東方最大的天主教國家，今夕，更是他們宗教活動的高潮。所有的菲律賓人都在西班牙遺風的大教堂裡。異教徒的我在教堂外，在異國的夜的空氣中。也曾在異國度過怪淒清的耶誕夕哪。那是在芝加哥，被雪封閉的天地間，聽不到蘇武的羊鳴，聽得見極地的狼嗥和海鷗的悲啼。唯一使我血脈流通，使我的心成不凍港的，是劉鎏，是孫璐的美麗的眼睛。但今夕不同，今夕何夕，我該是一個快樂的異教徒，我在許多可愛的朋友之中。亞薇和亞佩瓦來了，一雄，穎洲，桂生，以及姚參事，虞參事等都來了。緊握著的掌中有熱烈的友情。一年而有兩個夏天，一九六二年是富於陽光的。

穿過霓虹燈之海，駛入色彩，駛出色彩，一雄的汽車在馬尼拉旅店的門前停下。這是馬尼拉最豪華的旅店，有兩百多個房間。湖綠色的燈綴成的大吊鐘自六樓頂龐然下懸，對街露天畫廊的燈火正輝煌。節日的車潮潺潺流瀉著，遠方的馬尼拉海灣反而幽靜而安息了。桂生請王藍、鍾鼎文、馮放民和我去今夕不打烊的餐廳中宵夜。座位很擠。年輕人的笑聲把夜裝飾得蠻生動的。

耶誕日，清晨三時，我在三樓的席夢思上躺下。

各國的英語

八仙過海，有的仙胖，有的仙瘦。胖的好看，但不「好聽」，瘦的恰恰相反。我和鳳兮同室，二瘦默默無聞。王藍和鍾鼎文一房，前者在後者的快意鼾聲中失眠了。陳紀瀅和邱楠異床亦不同夢；五論作者呼呼入夢，把華夏八年留在夢外。羅家倫和李曼瑰各據一室，有無鼾聲，不得而知。

第二天中午，應段大使之邀，去大使官邸午餐。羅家倫顯得很活潑，席間追述新疆監察使任內的往事，自稱曾經冒充「第一千零一團團長」。從盛世才到韓復渠，從韓復渠到「各國的英語」，是很自然的事。

「各國的英語」並不是一個笑話。英語確是因國而異。日本人說的英語，別有風味，自然有別於菲律賓式的英語。一般說來，亞洲人中，中國人和韓國人的英語，純正但不流利，其他各國的英語流利而不純正，日本人的英語則往往既不流利也不純正。

五個文學座談會都在馬尼拉旅店的「橡樹廳」中舉行。橡樹廳並不大，可容八九十人。居中是一張長方形的大木桌，各國代表環桌而坐，前後並各有數排坐椅，供各國觀察員，各報記者，及筆會以外的文學藝術界人士之用。主席由巴基斯坦、印尼、中華民國、印度、泰國各代表團團長輪流擔任。主席的右側依次是錫蘭、中華民國、香港、印度、印尼；左側依次是日本、韓國、巴基斯坦、菲律賓、泰國；主席的對面是英、美、澳洲、巴基斯坦、亞洲社（Asia Society）、亞洲雜誌（Asia Magazine）各方派來的觀察員。

來自古獅子國的錫蘭代表僅一人。薩剌禪德剌博士（Dr. Ediriweera R. Saratchandra）生於一九一四年，曾得佛教心理學的博士學位，現任錫蘭大學教授。他是劇作家、小說家、批評家。他的作品除錫蘭文的劇作、小說，及批評外，尚有英文本的《論錫蘭民間戲劇及現代劇院》，《論錫蘭之小說》，及《佛教感知心理學》。他曾獲洛克菲勒獎金，先後在印度、美國和日本研究戲劇。高高瘦瘦的個子，相當黝黑的皮膚，這位在印度洋中長大的戲劇家兼學者給人一種文雅的感覺。在第一次座談會中，他聽了我有關〈文學中的傳統與現代〉的意見後，曾對我表示頗有同感。他說，在錫蘭，古典文學與現代文學各有讀者，但現代文學漸漸贏得更多的喜愛。

頭包白巾，蓄了一部黑虬髯的印度首席代表辛庫双（Khushwant Singh）坐在香港代表們和印尼代表之間。他那靜穆的眼睛和安詳的風度加上深沉有力的純正的英語，很快便吸引住我。他生於一九一五年，獲旁遮普大學文學士及倫敦大學法學士學位，曾在倫敦做律師，並在牛津大學講學。史學著作有《塞克族人史》及《旁遮普王國衰亡史》等；小說有《往巴基斯坦的火車》等。他提出的論文與我同組。在文中他說促成印度文學走上現代的因素有三：英國十九世紀的小說和美國愛默森的散文，馬克斯主義，和獨立運動。十九世紀的英國詩對印度詩的作用並不顯著，因為印度詩的傳統很深厚。自命前進的左派文學大盛於兩次大戰之間，但目前已經衰落，如有作家自命前進，已無異自認落伍。辛庫双說，印度的現代詩亦深受惠特曼、艾略特、奧登、史班德的影響，但傳統的印度詩仍受大眾的熱愛。他說，在今日印度的文壇上居領導地位者仍是詩人，不是小說家或劇作家。詩集出版的數量多於其他文學作品的總和。詩的朗誦仍然吸引大眾；據說巴基斯坦的名詩人費司（Faiz Ahmed Faiz）在印度京城受到的盛大歡迎，有甚於最紅的電影演員，聽眾之中甚且包括內閣諸大臣。

印度代表一共三人。除辛庫双外，還有戈比・戈巴夫人（Mrs. Gopi Gauba）及巴海（Prabhakar Padhye）。巴海性情比較激動，發音沙啞，但又特別愛說話。他生於一九〇九年，畢業於孟買大學，做過週刊和日報的編輯，作品有《新世界和新地平線》等。開始我見他自命不凡，甚厭之。後來和他接觸較多，了解也較多。他曾對我和李曼瑰女士說，「你們中國代表團的陣容非常堅強」，也曾表示，頗同意我的論文。他自己的論文是〈兩型文化與亞洲作家〉，在文中他指出，中共已背叛中國傳統的人文主義而迷信機械文明，且抗議紅色中國的侵犯印度。

巴海的英語沙啞難解。坐在他旁邊的印尼代表阿里斯賈巴納博士（Dr. S. Takdir Alisjahbana）說得比較緩慢，但卻清晰易懂。現年五十五歲的阿里斯賈巴納博士已經頭髮斑白。他的舉止和談吐都很儒雅可親，開始我們都擔心印尼代表會對我們不利，頗懷戒心，結果發現他對中華民國的代表都很誠懇。去碧瑤途中，他更和陳紀瀅、邱楠二位代表談得非常投機。後來我們才發現他和另一位印尼代表基斯馬地（S. M. Kismadi）都在國外流亡很久。在亞洲作家會議的開幕典禮中，阿里斯賈巴納博士曾經強調藝術的長久和政治的短暫。他說，「政治關係只能維持到下一屆的競選，或是暗殺。」阿里斯賈巴納博士是文學家兼語言學家，也是教授、編輯，和出版家。他曾經擔任過「印尼語文發展與革新局」的局長，作品包括英文的《印尼生活與文化的緊張性》和法文的《印尼語言及文學的發展》等。

坐在主席左側的是日本的代表。兩人的英語都不很好。現年四十七歲的 Shoto Kamekawa 先生曾在美國科羅拉多大學讀書，現在琉球大學教授英國文學。平林泰子（Taiko Hirabayashi）很胖，穿著古典風味的和服，臉上漾著富士山下女性特有的那種溫柔而謙遜的微笑。參加亞洲作家會議的代表裡面，她是最具民族風格的一位。她的英語不善表達，常要別人代為口譯，但當譯者也詞不達意時，她自己的東洋英語也流露出來了。她現任日本作家協會的理事，寫作歷史很久。她生於一九〇五年，鍾鼎文說他留日時即已讀到她的作品。她曾於一九四八年獲女作家文學獎，作品有《沙漠之花》、《我活著》、《我行我素》等。

她的左面坐著在地理上也是近鄰的韓國代表群。這次韓國筆會派來的五位代表都是新人，而且年紀很輕，皆在三十七歲和四十歲之間。韓國民族一向具有北方人嚴肅而剛毅的氣質，這次的韓國代表平均年齡雖輕，但特別具有那種不苟言笑的肅穆意味，不知道這是否與他們沉重的現實有關？代表團團長梁炳鐸（Yang Byung Taek）比較開朗而快樂。他現年四十一歲，是一位年輕有為的學者與作家。他曾在東京教育大學和印第安納大學讀書，現任慶熙大學教授兼圖書館館長。《白鯨記》及《嘉麗妹妹》是他的韓文翻譯名著中的兩種。亞洲作家會議後，梁炳鐸順道訪問臺灣，邱楠先生於元月七日晚間在真北平宴請他，並邀王藍先生、鍾鼎文先生、韓國大使館一等書記官陳仁鐸和我作陪。席間主客盡歡，我並請他代向韓國筆會祕書長詩人高遠（Ko Wan）

致意。在亞洲作家會議之中，梁炳鐸所提的論文也是〈文學中的傳統與現代〉。

再向左看，就看見巴基斯坦的代表夏珊（Syed Ali Ahsan）和胡珊（S. S. Husain）。夏珊也蓄了一部鬍子，但沒有包裹白巾。他才四十一歲，現任喀拉蚩大學孟加拉文系系主任，他是詩人、批評家、翻譯家，曾將希臘悲劇譯成孟加拉文，並著有《孟加拉文學論文集》。他們的皮膚，黑中帶黃，英語都說得不錯。

愛奧華的老同學

夏珊之左是菲律賓代表席。菲方筆會的會員一共有四十位，但出席參加這次會議的不過十位左右，其中曾隨「菲律賓文藝訪問團」來過臺灣的，有菲律賓大學教授，小說家康沙禮士（N. V. M. Gonzales）和菲大講師，女詩人莫瑞諾（Virginia Moreno）。華謹（Nick Joaquin）來過臺灣，但此人甚自負，不太「合群」，此次會上始終不曾露面。他曾被菲律賓當代名詩人維利亞（Jose Garcia Villa）譽為兩位最出色的英文作家之一。另一筆會會員，現任菲律賓教育部長的羅細士（Alejandro Roces），也以華謹的小說為菲律賓現代文學的代表作。筆會的主席，現代菲律賓大學教育學院院長的莫拉里斯博士（Dr. Alfredo Morales）僅在「兩型文化與亞洲作家」座談會中出現，並發言一次。至於菲律賓筆會的祕書賀綏（F. Sionil Jose），由於忙著大會的事務，人雖晃來晃去，反而未曾發言。

以論文分量而言，最令人注意的是女作家康絲坦蒂諾（Josefina D. Constantino）的一篇十八頁長的洋洋大文：〈兩型文化與亞洲作家〉。她年輕而秀逸，英語不太純，但是口齒清楚而運字流暢，聽去非常舒服。另一位代表，詩人田頗（Edilberto K. Tiempo），則就〈革命時代作家之任務〉一題目提出了精闢的論文。

但是最令我欣喜的，是見到四年前的老友桑多斯（Bienvenido N. Santos）。他是呂宋南部某學院的院長，菲律賓重要小說家之一，一九五八年在美國愛奧華州立大學詩創作班上和我同學。矮矮胖胖的個子，深棕色的皮膚，半禿的圓顱，愛笑，笑起來露出整齊的白齒。當時我一直很喜歡這馬來種的中年漢子。老詩人佛洛斯特訪問愛奧華城，我們曾在一起照了一張相。一九六一年春天，我初遊馬尼拉，他尚在美國未歸。這次同時代表各人本國的筆會，終在馬尼拉見面。他一點也沒有變，還是那麼詼諧可愛。提起當日詩創作班的教授安格爾（Paul Engle），桑多斯說：「此公最大的毛病，就是怕感情，他要你的作品中不帶感情！」桑多斯同意我在〈文學中的傳統與現代〉一文中發表的意見，認為虛無與晦澀是現代文學的致命傷。他提出的論文是〈文學的獎勵與維護〉。他認為文學獎金的唯一標準應該是「優秀」，而優秀的標準應由一組終身從事偉大文學的鑑賞而具有足夠知識的評判人士來決定。他說，不論多麼窮困，一位名符其實的作家不應該違背自己的意志去接受他人的條件。在論文最後一段中，他說：「每一位作家洞口的狼，不再是陳腔濫調了。這頭狼真實得像一疊未清償的賬單，堆在如山的未出版的手稿之上。」

泰國的代表是去年曾來自由中國訪問過的普拉姆親王（Prince Prem Purachatra）和王妃。親王風度翩翩，說得一口流利典雅的英語，為泰國文化界的領袖之一，在國際文化交流方面非常活躍。他生於一九一五年，青年時代在英國受教育，曾在拜倫的母校海羅（Harrow）學院讀書，後來在牛津獲得文學碩士學位。他曾經主持過許多文化機構，先後擔任過大學的教授，新聞系、現代語文系，及西方語文系的主任、文學院長、泰國筆會主席，及駐聯合國文教科學組織的代表。他的著作包括劇本、詩集、故事、遊記等多種。王妃畢業於巴黎大學，為一醫學家及編輯。

在觀察員方面，與我接觸較多的是來自澳洲的小說家，四十九歲的普瑞斯頓（James Preston）。代表香港《亞洲雜誌》，現任該刊副編輯的休斯（Barry Conn Hughes）曾和我談及聶華苓女士在該刊發表的兩篇作品。最突出的當然得推美國詩人兼小說家，曾在埃及美國大學任教的史都華（Jesse Hilton Stuart）。這位作家現年五十六歲，精力充沛，言談誠懇中帶有煽動性。他有「肯塔基州桂冠詩人」之稱。在座談會中，他對我國代表的意見一向支持，且極力推薦英國已故的反共作家歐威爾（George Orwell）的兩部作品：《百獸圖》（*Animal Farm*）和《一九八四》（*Nineteen Eighty-Four*）。會後他曾來臺灣訪問一週。

血濃於水

和我們關係最密切的，當然是香港筆會的代表團了。血濃於水，畢竟是自己人，無論在會議或日常生活上，香港的代表和自由中國的代表都是互相呼應的。香港代表比我們後到馬尼拉，我們在華僑區的山東館「魯園」為他們接風。他們先飛回香港，我們趕去機場送行。在「茉莉花旅店」（Sampaguita Hotel）同住時，他們請自由中國代表團吃早餐。元月二日晚間，臺灣、香港，和菲律賓華僑界三方面的作家們，更舉行了一次聯合座談會，商討如何促進海外與祖國間文學界交流的方式。從羅錦堂先生那裡，我知道香港讀者對現代詩的興趣日漸濃厚。胡菊人先生告訴我王敬羲、葉維廉、宋淇、桑簡流、思果等的近況，香港筆會代表團的名單如下：團長黃天石，團員李秋生、冒季美、羅錦堂、盧森、蕭輝楷、胡菊人、周翠鈿、徐亮之。

碧瑤之行

亞洲作家會議在十二月廿九日結束，部分代表紛紛賦歸。留下來的被菲方招待去避暑勝地碧瑤（Baguio）一遊。我國代表之中，王藍先生已經去過碧瑤，羅家倫先生遊興不濃，其餘都隨眾人上山。

清晨五點半鐘，馬尼拉灣的曙色猶未透，我們的大巴士便咻咻然啟程了。車行一小時後，熱帶金黃色的陽光才鬆在平坦的公路上。路向呂宋島的北部似無盡止地伸延著，碧瑤在一百三十英里外，在五千英尺的雲上等待我們。大巴士以七十英里的時速奔馳著，把一片一片蔽天翳日的椰林，把 Coca Cola, 7up, San Miguel 的廣告牌，把收割後荒蕪著的稻田，把離地數尺架空而築的竹屋，擲向車後。這裡曾是西班牙官兵、中國海盜、日本皇軍的古戰場，當年該有多麼紅麗的血自拉布拉布的刃鋒上滴下，溶入多火山的土壤之中。但此際是一九六二年最後的兩天，雲羅在南中國海的上空無所用心地緩緩遊弋，許多黃得傷眼的西班牙式大教堂浸在中古的夢幻裡。正是耶誕季節的星期日的清晨，優閒地，鐘聲自許多教堂的鐘樓上飛出來，像鴿群一樣地飛著。小篷、巨輪、高軸的馬車在公路邊施施然蹓躂；車後的竹編敞窗中，可以窺見呂宋女孩秀麗的背影，或是大小六七口的棕色之家。車夫斜頂著草帽，敞開的胸前繫著紅得欲焚的領巾，嘴唇雖是厚厚的，坐姿卻是瘦瘦的，馬鞭索兒斜斜地懸著。這種畫面，該是梵谷和高敢的心愛題材。

正午時分，我們進入碧瑤山區。在山麓的小市鎮加油後，大巴士便氣喘吁吁地仰攀而上，在S形或Z形的九曲迴腸上登臨風景。路的險峻和風景的秀美成正比。高空的氣壓使耳朵有脹塞的感覺，但立刻為進入肺中的處女空氣所補償。谷漸往下沉，山漸往上湧。白晶晶的瀑布自褐岩的絕壁上千丈一蹤，聲震滿谷地去赴海的約會。大巴士在絕壁與絕壁間的鐵橋上軋軋輾過，下臨無地，令人心悸。終於穿過 **Welcome to Baguio** 的大牌坊，在萬山之頂停了下來，長長地嘆一口氣。

在幾乎沒有濕度的原始的美好空氣中，溫而不燠的爽脆的太陽落在我們的肌膚上。近八十度的響晴天，踏在乾淨的石地上，我們頓覺身輕如燕，如雲，如一切不負責任的可浮、可揚的東西。菲律賓在腳下。初秋把我們舉得高高的，置我們於亮黃的菊花叢和清香的柏樹之間。碧瑤的街道寬闊、整潔，而明豔。碧瑤的範圍也比陽明山大，許多玲玲瓏瓏的別墅散落在山頂或谷間，依山勢而迤邐有致。碧瑤被海拔一英里高的山群推向空中，推出二十世紀之外，一若超時空地夢著。真靜！任何聲音都具有輪廓清晰的外形，不像大都市中的喧譁那麼模糊難分。不信，以杖叩山，當可立聞永恆的迴聲鏗然如磬。

就這麼童話似地被導遊著，先後參觀了菲律賓軍校，千里達谷，華僑辦的愛國中學，總統（以前是總督）的暑宮，伊戈羅（**Igorot**）族的手工藝品市場等地，最後全體代表應當地一金礦之邀，在約翰海兵營的美軍招待所午餐。

伊戈羅族的土產市場在半山上，出售各式各樣的雕刻木器，草編飾物，貝殼珍玩，和所謂碧瑤石製的菸灰缸等。伊戈羅族的女孩，儘管膚色褐黃之中帶黑，近甜膩濃厚的巧克力色，但面目姣好，原始之中含有精緻而柔媚的成分，想必為原始主義的信徒們所賞識。停車半小時，選購紀念品甚久，各國代表猶未盡興，又在碧瑤市中心的土產商場繼續收集。一些銀製的鏤空別針，作薔薇或孔雀形的，最受我們的歡迎。一直到下午四點，大巴士才開始駛回馬尼拉。九點多鐘，我們才回到岷市。而此時，我們的寓所，也就從馬尼拉旅店遷至「三把吉他」旅店。「三把吉他」（Sampaguita）即茉莉花之意，據說是菲律賓的國花。至此，我們的國際活動告一段落，遷至「三把吉他」後，接觸的範圍乃轉向華僑社會。

獨立營萬歲

自由中國的十代表中，羅家倫團長閱歷既豐，遊興不濃。陳紀瀅、邱楠二位先生亦以副團長身分之故，不便放浪形骸。李曼瑰女士畢竟是女士。盧月化女士與姚夫人僑居在菲。其餘的四位：馮放民、鍾鼎文、王藍和我，乃自然而然形成一個少壯派，日常生活多採一致行動。於是團下有營，我們自稱獨立營了。王藍三下南洋，對馬尼拉形勢的熟悉，加上 Tagalog 土語的唬人知識，被推為獨立營長，自是合情合理。我亦以重遊斯土，且較通英語，竟自稱亦漸被稱為營指導員。獨立營最值得紀念的聯絡官當然是亞薇。在後五天中，經常陪伴獨立營演習的是：亞薇、朱一雄、施穎州、吳天增、李約、林中民、蘇子等諸位先生。我是永春人，自然和永春華僑來往較多。此外，並見到現代詩人雲鶴和陳戰雄。兩屆菲華青年暑期文藝講習班的同學，並舉行一次盛大的晚會，歡迎全體中國代表。

因為翻譯家施穎洲的鼓舞，我已經擁擠的書架上又添了四冊。三冊袖珍版書是：*A Voltaire Reader*、*Fifty Great Poets*、*Fifty Short Stories*。另一冊是使我花了三十披索（相當於臺幣三百六十元）的李德著《現代繪畫簡史》（*Herbert Read: A Concise History of Modern Painting*）。他以一下午的時間陪我參觀馬尼拉最大的教育書店。中央社駐馬尼拉主任李約博士（Santa Tomas University）給了獨立營不少有關菲國的常識，臨行還贈我一冊非常精美且合實用的《美國文學史》。

在亞薇兄嫂及一雄的陪同下，獨立營去參觀了麥堅利堡的美軍公墓。公墓在一隆起的圓草丘頂，中央是一大片修剪得非常整齊的韓國草地，環繞著它的是作輻射狀的一百幅大理石壁，每面壁上刻著三百名陣亡戰士的姓名、州別，及部隊番號，間亦可見中國人和菲律賓人的名字。莊嚴的紀念碑外，整齊地排列在草坡上的，是三萬座純白色的大理石十字架。這種動人的靈魂大結合使我們在十字架間流連低迴，內心激起很深的震盪。雖是第二度來此瞻仰，我的感受不比第一次淺。穿行於十字架和十字架形成的巷中，踏著柔細的碧草和高高的金合歡樹上落下來的鮮黃花瓣，踏著許多幽魂的懷鄉病和許多未亡人的紅淚，我們悵然認讀刻在十字架後的死者姓名。在一座十字架後，我讀到如下的字樣：

Ray H. Lundstrom
CPL 27 Mat So
20 Air Base GP

Iowa, May 30, 1942

這位倫德斯壯是愛奧華人，死於一九四二年五月三十日。我停了下來，輕輕地撫摸涼沁沁的白石。他死時幾歲呢？一九四二，那時我才十四歲，正在嘉陵江濱一古鎮讀中學，壓根不明白這世界是怎麼一回事。那時，地理是我的心愛功課之一。我知道菲律賓也在太陽旗下呼吸使人咳嗽的火藥味。從世界地圖上，我對菲律賓的印象，是一群綠油油的島嶼，如是而已。愛奧華州我曾去過，且住過十個月。在那幅印第安人叫做「美麗的土地」上，我從林間鋪下厚厚的橡葉的十月，做夢，流淚，寫長長的航空信，直到第二年橡樹林再撐起彌天漫地的濃綠，因為懷鄉。倫德斯壯已經躺在這裡做了二十年的懷鄉夢了，而且還要夢下去。他在南中國海上懷念愛奧華平原，我在愛奧華平原上懷念南中國海，我們的鄉思在冥冥中必曾相遇。倫德斯壯啊，汝其安息！

麥堅利堡似乎和中國詩人分外有緣。我和覃子豪，羅門曾先後寫詩詠它。鍾鼎文似乎也有句要寫，不知已成篇否？同一天下午，獨立營的弟兄們又在一雄和亞薇的引導下，去瞻仰菲律賓國父黎剎蒙難時的法庭，和距槍決地點不遠處黎剎的石墓。在薄暮的幽光中，我們站在舊日西班牙王城的廢堞上，遠眺巴西河入海口的檣桅。城下的地牢中，據說在二次大戰時，曾慘殺六百名無辜的菲律賓人。

馬尼拉的夜生活是繁麗多姿的。在華僑朋友的邀請下，獨立營曾去夜總會和地下賭場參觀過。印象最深的一次，是在午夜時分，在一家夜總會中宵夜，食魚粥。臺上一位西班牙種的歌女，眼色柔麗，笑得很白潔，在變幻如魔的七色燈暈中，兀自打點精神地曼聲唱著。歌聲歇時，鋼琴的悲吟欲斷欲續，倍增空廳的淒清。千里外，該有株睡蓮在風中失眠。

年輕的民族

菲律賓人是一個年輕的民族。年輕的毛病可能是幼稚，但成熟可隨時間俱來。最可悲的恐怕還是暮氣沉沉。這次參加亞洲作家會議，最深的印象是，菲律賓是一個年輕而富朝氣的國家。在那裡，儘管人民是耽樂而懶散的，但文化界的領袖似皆有為，活潑、自信，且富幽默感。一些要人們，如副總統白萊斯（Emmanuel Pelaes），教育部長羅細士，參議員曼拉帕斯（Raul S. Manglapus）等皆具口才，而且言之有物。白萊斯在亞洲作家會議開幕典禮中致詞，曾對作家們說：「作家都是獨來獨往的個人主義。他們和政客是誓不兩立的。但是政客也分好壞兩種，不可以偏概全。我正是屬於好的一種啊。」接著他又鼓勵大家勇於做夢，做新的、偉大的夢，且結合在一起去做。如果政客們都這樣饒有風趣，我們怎麼會討厭「政客」呢？教育部長羅細士才三十多歲，本身就是一個很傑出的小說家和專欄作家。現年五十多歲的現代詩人維利亞，在國際上頗有聲譽。據菲大文學系一位學生告訴我，在大學裡，可以用他的作品做論文的題材；又說，有一條街為他命名。我們在菲大參觀雕塑家亞佩瓦的工作室，他在為菲大校門設計一座如翼的入口。我們去參觀女子大學，她們為我們表演很激動的 Bayanihan Dance，最後邀來賓一同跳舞。我們覺得，一個愛幻想、愛自由、愛唱歌跳舞，且勇於接受外來影響的民族，是有前途的。

我們自己呢？我們是一個迷信古人的民族，到了今天，還在為西化問題拉鋸子。當別人稱揚中國文化時，瞧我們的優越感多麼滿足。可是別人眼中的中國文化是漢唐文化，不是此時此地的中國文化。當中國的古藝術品在美國接受盛大歡迎時，有人想起我們的今藝術品沒有？

五十二年一月十六日午夜

書齋・書災

物以類聚，我的朋友大半也是書呆子。很少有朋友約我去戶外戀愛春天。大半的時間，我總是與書為伍。大半的時間，總是把自己關在六疊之上，四壁之中，製造氮氣，做白日夢。我的書齋，既不像華波爾（Horace Walpole）中世紀的哥德式城堡那麼豪華，也不像格勒布街（Grub Street）的閣樓那麼寒酸。我的藏書不多，也沒有統計，大約在一千冊左右。「書到用時方恨少」，花了那麼多錢買書，要查點什麼仍然不夠應付。有用的時候，往往發現某本書給朋友借去了沒還來。沒用的時候，它們簡直滿坑，滿谷；書架上排列得整整齊齊的之外，案頭，椅子上，唱機上，窗臺上，床上，床下，到處都是。由於為雜誌寫稿，也編過刊物，我的書城之中，除了居民之外，還有許多來來往往的流動戶口，例如《文學雜誌》、《現代文學》、《中外》、《藍星》、《作品》、《文壇》、《自由青年》等等，自然，更有數以百計的《文星》。

「腹有詩書氣自華」。奈何那些詩書大半不在腹中，而在架上，架下，牆隅，甚至書桌腳下。我的書齋經常在鬧書災，令我的太太、岳母，和擦地板的下女顧而絕望。下女每逢擦地板，總把架後或床底的書一股腦兒堆在我床上。我的岳母甚且幾度提議，用秦始皇的方法來解決。有一次，在颱風期間，中和鄉大鬧水災，夏菁家裡數千份《藍星》隨波逐流，待風息水退，乃發現地板上，廚房裡，廁所中，狗屋頂，甚至院中的樹上，或正或反，舉目皆是《藍星》。如果廈門街也有這麼一次水災，則在我家，水災過後，必有更嚴重的書災。

你會說，既然怕鉛字為禍，為什麼不好好整理一下，使各就其位，取之即來呢？不可能，不可能！我的答覆是不可能。凡有幾本書的人，大概都會了解，理書是多麼麻煩，同時也是多麼消耗時間的一件事。對於一個書呆子，理書是帶一點回憶的哀愁的。諾，這本書的扉頁上寫著：「一九五二年四月購於臺北」（那時你還沒有大學畢業哪！）那本書的封底裡頁，記著一個女友可愛的通信地址（現在不必記了，她的地址就是我的。可嘆，可嘆！這是幸福，還是迷惘？）有一本書上寫著：「贈余光中，一九五九年於愛奧華城」（作者已經死了，他巍峨的背影已步入文學史。將來，我的女兒們讀文學史到他時，有什麼感覺呢？）另一本書令我想起一位好朋友，他正在太平洋彼岸的一個小鎮上窮泡，好久不寫詩了。翻開這本紅面燙金古色古香的詩集，不料一張葉脈畢呈枯脆欲斷的橡樹葉子，翩翩地飄落在地上。這是哪一個秋天的幽靈呢？那麼多書，那麼多束信，那麼多疊的手稿！我來過，我愛過，我失去——該是每塊墓碑上都適用的墓誌銘。而這，也是每位作家整理舊書時必有的感想。誰能把自己的回憶整理清楚呢？

何況一面理書，一面還要看書。書是看不完的，尤其是自己的藏書。誰要能把自己的藏書讀完，一定成為大學者。有的人看書必借，借書必不還。有的人看書必買，買了必不看完。我屬於後者。我的不少朋友屬於前者。這種分類法當然純粹是主觀的。有一度，發現自己的一些好書，甚至是絕版的好書，被朋友們久借不還，甚至於久催不理，我憤怒得考慮寫一篇文章，聲討這批雅賊，不，「雅盜」，因為他們的罪行是公開的。不久我就打消這念頭了，因為發現自己也未能盡免「雅盜」的作風。架上正擺著的，就有幾本向朋友久借未還的書——有一本論詩的大著是向淡江某同事借的，已經半年多沒還了，他也沒來催。當然這麼短的「僑居」還不到「歸化」的程度。有一本《美國文學的傳統》下卷，原是朱立民先生處借來，後來他料我毫無還意，絕望了，索性聲明是送給我，而且附贈了上卷。在十幾冊因久借而「歸化」了的書中，大部分是臺大外文系的財產。它們的「僑齡」都已逾十一年。據說系圖書館的管理員仍是當年那位女士，嚇得我十年來不敢跨進她的轄區。借錢不還，是不道德的事。書也是錢買的，但在「文藝無國界」的心理下，似乎借書不還是一件不值一提的事了。

除了久借不還的以外，還有不少書——簡直有三四十冊——是欠賬買來的。它們都是向某家書店「買」來的，「買」是買來了，但幾年來一直未曾付賬。當然我也有抵押品——那家書店為我銷售了百多本的《萬聖節》和《鐘乳石》，也始終未曾結算。不過我必須立刻聲明，到目前為止，那家書店欠我的遠少於我欠書店的。我想我沒有記錯，或者可以說，沒有估計錯，否則我不會一直任其發展而保持緘默。大概書店老闆也以為他欠我較多，而容忍了這麼久。

除了上述兩種來歷不太光榮的書外，一部分的藏書是作家朋友的贈書。其中絕大多數是中文的新詩集，其次是小說、散文、批評，和翻譯，自然也有少數英文，乃至法文、韓文，和土耳其文的著作。這些贈書當然是來歷光明的，因為扉頁上都有原作者或譯者的親筆題字，更加可貴。可是，坦白地說，這一類的書，我也很少全部詳細拜讀完畢的。我敢說，沒有一位作家會把別的作家的贈書一一覽盡。英國作家貝洛克（Hilaire Belloc）有兩行諧詩：

When I am dead, I hope it may be said:
"His sins were scarlet, but his books were read."

勉強譯成中文，就成為：

當我死時，我希望人們會說：
「他的罪深紅，但他的書確實讀過。」

此地的read是雙關的，它既是「讀」的過去分詞，又和「紅」（red）同音，因此不可能譯得傳神。貝洛克的意思，無論一個人如何罪孽深重，只要他的著作真有人當回事地拜讀過，也就算難能可貴了。一個人，尤其是一位作家之無法遍讀他人的贈書，由此可以想見。每個月平均要收到三四十種贈書（包括刊物），我必須坦白承認，我既無時間逐一拜讀，也無全部拜讀的慾望。事實上，太多的大著，只要一瞥封面上作者的名字，或是多麼庸俗可笑的書名，你就沒有胃口開卷饕餮了。世界上只有兩種作家——好的和壞的。除了一些奇蹟式的例外，壞的作家從來不會變成好的作家。我寫上面這段話，也許會莫須有地得罪不少贈書的作家朋友。不過我可以立刻反問他們：「不要動怒。你們可以反省一下，曾經讀完，甚至部分讀過，我的贈書沒有？」我想，他們大半不敢遽作肯定的回答的。那些「難懂」的現代詩，那些「嚼飯餵人」的譯詩，誰能夠強人拜讀呢？十九世紀牛津大學教授達巨生（C. L. Dodgson，筆名Lewis Carrol）曾將他著的童話小說《愛麗絲漫遊奇境記》（*Alice in Wonderland*），呈獻一冊給維多利亞女皇。女皇很喜歡那本書，要達巨生教授將他以後的作品見贈。不久她果然收到他的第二本大著——一本厚厚的數學論文。我想女皇該不會讀完第一頁的。

第三類的書該是自己的作品了。它們包括四本詩集，三本譯詩集，一本翻譯小說，一本翻譯傳記。這些書中，有的尚存三四百冊，有的僅餘十數本，有的甚至已經絕版。到現在我仍清晰地記得，印第一本書時患得患失的心情。出版的那一晚，我曾經興奮得終宵失眠，幻想著第二天那本小書該如何震撼整個文壇，如何再版三版，像拜倫那樣傳奇式地成名。為那本書寫書評的梁實秋先生，並不那麼樂觀。他預計「頂多銷三百本。你就印五百本好了。」結果我印了一千冊，在半年之內銷了三百四十多冊。不久我因參加第一屆大專畢業生的預官受訓，未再繼續委託書店銷售。現在早給周夢蝶先生銷光了。目前我業已發表而迄未印行成集的，有五種詩集，一本《現代詩選譯》，一本《蔡斯德菲爾家書》，一本畫家保羅・克利的評傳，和兩種散文集，如果我不夭亡——當然，買半票，充「神童」的年代早已逝去——到五十歲時，希望自己已是擁有五十本作品（包括翻譯）的作家，其中至少應有二十種詩集。對九繆思許的這個願，恐怕是太大了一點。然而照目前寫作的「產量」看來，打個六折，有三十本是絕對不成問題的。

最後一類藏書，遠超過上述三類的總和。它們是我付現買來，集少成多的中英文書籍。慚愧得很，中文書和英文書的比例，十多年來，愈來愈懸殊了。目前大概是三比七。大多數的書呆子，既讀書，亦玩書。讀書是讀書的內容，玩書則是玩書的外表。書確是可以「玩」的。一本印刷精美，封面華麗的書，其物質的本身就是一種美的存在。我所以買了那麼多的英文書，尤其是繽紛絢爛的袖珍版叢書，對那些七色鮮明設計瀟灑的封面一見傾心，往往是重大的原因。「企鵝叢書」（Penguin Books）的典雅，「現代叢書」（Modern Library）的端莊，「袖珍叢書」（Pocket Books）的活潑，「人人叢書」（Everyman's Library）的古拙，「花園城叢書」（Garden City Books）的豪華，瑞士「史基拉藝術叢書」（Skira Art Books）的堂皇富麗，盡善盡美……這些都是使蠹魚們神遊書齋的樂事。資深的書呆子通常有一種不可救藥的毛病。他們愛坐在書桌前，並不一定要讀哪一本書，或研究哪一個問題，只是喜歡這本摸摸，那本翻翻，相相封面，看看插圖和目錄，並且嗅嗅（尤其是新書的）怪好聞的紙香和油墨味。就這樣，一個昂貴的下午用完了。

約翰生博士曾經說，既然我們不能讀完一切應讀的書，則我們何不任性而讀？我的讀書便是如此。在大學時代，出於一種攀龍附鳳、進香朝聖的心情，我曾經遵循文學史的指點，自勉自勵地讀完八百多頁的《湯姆・瓊斯》，七百頁左右的《虛榮市》，甚至咬牙切齒，邊讀邊罵地嚥下了《自我主義者》。自從畢業後，這種啃勁愈來愈差了。到目前忙著寫詩、譯詩、編詩、教詩、論詩，五馬分屍之餘，幾乎毫無時間讀詩，甚至無時間讀書了。架上的書，永遠多於腹中的書；讀完的藏書，恐怕不到十分之三。儘管如此，「玩」書的毛病始終沒有痊癒。由於常「玩」，我相當熟悉許多並未讀完的書，要參考某一意見，或引用某段文字，很容易就能翻到那一頁。事實上，有些書是非玩它一個時期不能欣賞的。例如梵谷的畫集，康明思的詩集，就需要久玩才能玩熟。

然而，十年玩下來了，我仍然不滿意自己這書齋。由於太小，書齋之中一直鬧著書災。那些漫山遍野、滿坑滿谷、汗人而不充棟的洋裝書，就像一批批永遠取締不了的流氓一樣，沒法加以安置。由於是日式，它嫌矮，而且像一朵「背日葵」那樣，永遠朝北，絕對曬不到太陽。如果中國多了一個陰鬱的作家，這間北向的書房應該負責。坐在這扇北向之窗的陰影裡，我好像冷藏在冰箱中一隻滿孕著南方的水果。白晝，我似乎沉浸在海底，岑寂的幽闇奏著灰色的音樂。夜間，我似乎聽得見愛斯基摩人雪橇滑行之聲，而北極星的長髯垂下來，錚錚然，敲響串串的白鐘乳。

可是，在這間藝術的冷宮中，有許多回憶仍是熾熱的。朋友來訪，我常愛請他們來這裡坐談，而不去客廳，似乎這裡是我的「文化背景」，不來這裡，友情的鉛錘落不到我的心底。佛洛斯特的凝視懸在壁上，我的繆思是男性的。在這裡，我曾經聽吳望堯，現代詩一位失蹤的王子，為我講一些猩紅熱和翡冷翠的鬼故事。在這裡，黃用給我看到幾乎是他全部的作品，並且磨利了他那柄冰冷的批評。在這裡，王敬羲第一次遭遇黃用，但是，使我們大失所望，並沒有吵架。在這裡，陳立峰，一個風骨凜然的編輯，也曾遺下一朵黑色的回憶……比起這些回憶，零亂的書籍顯得整齊多了。

五十二年四月十五日

猛虎和薔薇

英國當代詩人西格夫里・薩松（Siegfried Sassoon, 1886-1967）曾寫過一行不朽的警句：**In me the tiger sniffs the rose.** 譯成中文，便是：「我心裡有猛虎在細嗅薔薇。」

如果一行詩句可以代表一種詩派（有一本英國文學史曾舉柯立治「忽必烈汗」中的三行詩句：「好一處蠻荒的所在！如此的聖潔，鬼怪，像在那殘月之下，有一個女人在哭她幽冥的歡愛！」為浪漫詩派的代表），我就願舉這行詩為象徵詩派藝術的代表。每次念及，我不禁想起法國現代畫家昂利・盧梭（Henri Rousseau, 1844-1910）的傑作《沉睡的吉普賽人》。假使盧梭當日所畫的不是雄獅逼視著夢中的浪子，而是猛虎在細嗅含苞的薔薇，我相信，這幅畫同樣會成為傑作。惜乎盧梭逝世，而薩松尚未成名。

我說這行詩是象徵詩派的代表，因為它具體而又微妙地表現出許多哲學家所無法說清的話；它表現出人性裡兩種相對的本質，但同時更表現出那兩種相對的本質的調和。假使他把原詩寫成了「我心裡有猛虎雄踞在花旁」，那就會顯得呆笨，死板，徒然加強了人性的內在矛盾。只有原詩才算恰到好處，因為猛虎象徵人性的一方面，薔薇象徵人性的另一面，而「細嗅」剛剛象徵著兩者的關係，兩者的調和與統一。

原來人性含有兩個：其一是男性的，其一是女性的；其一如蒼鷹，如飛瀑，如怒馬；其一如夜鶯，如靜池，如馴羊。所謂雄偉和秀美，所謂外向和內向，所謂戲劇型的和圖畫型的，所謂戴奧耐蘇斯藝術和阿波羅藝術，所謂「金剛怒目」，「菩薩低眉」，所謂「靜如處女，動如脫兔」，所謂「駿馬秋風冀北，杏花春雨江南」，所謂「楊柳岸，曉風殘月」和「大江東去」，一句話，姚姬傳所謂的陽剛和陰柔，都無非是這兩種氣質的註腳。兩者粗看若相反，實則乃相成。實際上每個人多多少少都兼有這兩種氣質，只是比例不同而已。

東坡有幕士，嘗謂柳永詞只合十七八女郎，執紅牙板，歌「楊柳岸，曉風殘月」；東坡詞須關西大漢，銅琵琶，鐵綽板，唱「大江東去」。東坡為之「絕倒」。他顯然因此種陽剛和陰柔之分而感到自豪。其實東坡之詞何嘗都是「大江東去」？「笑漸不聞聲漸杳，多情卻被無情惱」；「繡簾開，一點明月窺人」；這些詞句，恐怕也只合十七八女郎曼聲低唱吧？而柳永的詞句：「長安古道馬遲遲，高柳亂蟬嘶」，以及「渡萬壑千巖，越溪深處。怒濤漸息，樵風乍起；更聞商旅相呼，片帆高舉。」又是何等境界！就是曉風殘月的上半闋那一句「暮靄沉沉楚天闊」，誰能說它竟是陰柔？他如王維以清淡勝，卻寫過「一身轉戰三千里，一劍曾當百萬師」的詩句；辛棄疾以沉雄勝，卻寫過「羅帳燈昏，哽咽夢中語」的詞句。再如浪漫詩人濟慈和雪萊，無疑地都是陰柔的了。可是清囀的夜鶯也曾唱過：「或是像精壯的科德慈，怒著鷹眼，凝視在太平洋上。」就是在那陰柔到了極點的「夜鶯曲」裡，也還有這樣的句子：「同樣的歌聲時常——迷住了神怪的長窗——那荒僻妖土的長窗——俯臨在驚險的海上。」至於那隻雲雀，他那「西風歌」裡所蘊藏的力量，簡直是排山倒海，雷霆萬鈞！還有那一首十四行詩〈阿西曼地亞斯〉（Ozymandias）除了表現藝術不朽的思想不說，只其氣象之偉大，魄力之雄渾，已可匹敵太白的「西風殘照，漢家陵闕」。

也就是因為人性裡面，多多少少地含有這相對的兩種氣質，許多人才能夠欣賞和自己氣質不盡相同，甚至大不相同的人。例如在英國，華茲華斯欣賞密爾頓；拜倫欣賞頂普；夏綠蒂・白朗戴欣賞薩克瑞；史哥德欣賞簡・奧斯丁；史雲朋欣賞蘭道；蘭道欣賞白朗寧。在我國，辛棄疾的欣賞李清照也是一個最好的例子。

但是平時為什麼我們提起一個人，就覺得他是陽剛，而提起另一個人，又覺得他是陰柔呢？這是因為各人心裡的猛虎和薔薇所成的形勢不同。有人的心原是虎穴，穴口的幾朵薔薇免不了猛虎的踐踏；有人的心原是花園，園中的猛虎不免給那一片香潮醉倒。所以前者氣質近於陽剛，而後者氣質近於陰柔。然而踏碎了的薔薇猶能盛開，醉倒了的猛虎有時醒來。所以霸王有時悲歌，弱女有時殺賊；梅村，子山晚作悲涼，薩松在第一次大戰後出版了低調的《心旅》（*The Heart's Journey*）。

「我心裡有猛虎在細嗅薔薇。」人生原是戰場，有猛虎才能在逆流裡立定腳跟，在逆風裡把握方向，做暴風雨中的海燕，做不改顏色的孤星。有猛虎，才能創造慷慨悲歌的英雄事業；涵蘊耿介拔俗的志士胸懷，才能做到孟郊所謂的「鏡破不改光，蘭死不改香！」同時人生又是幽谷，有薔薇才能燭隱顯幽，體貼入微；有薔薇才能看到蒼蠅搓腳，蜘蛛吐絲，才能聽到暮色潛動，春草萌芽，才能做到「一沙一世界，一花一天國」。在人性的國度裡，一隻真正的猛虎應該能充分地欣賞薔薇，而一朵真正的薔薇也應該能充分地尊敬猛虎；微薔薇，猛虎變成了菲力斯汀（Philistine）；微猛虎，薔薇變成了懦夫。韓黎詩：「受盡了命運那巨棒的痛打，我的頭在流血，但不曾垂下！」華茲華斯詩：「最微小的花朵對於我，能激起非淚水所能表現的深思。」完整的人生應該兼有這兩種至高的境界。一個人到了這種境界，他能動也能靜，能屈也能伸，能微笑也能痛哭，能像廿世紀人一樣的複雜，也能像亞當夏娃一樣的純真，一句話，他心裡已有猛虎在細嗅薔薇。

四十一年十月廿四夜

後記

我們這一代是戰爭的時代；像一朵悲哀的水仙花，我們寄生在鐵絲網上，呼吸令人咳嗽的火藥氣味。上一次的戰爭，燒紅了我的中學時代，在一個大盆地中的江濱。這一次的戰爭，烤熟了我的心靈，使我從一個憂鬱的大一學生變成一個幾乎沒有時間憂鬱的教師，在一個島上的小盆地裡。從指端，我的粉筆灰像一陣濛濛的白雨落下來，落濕了六間大學的講臺。

幸好，粉筆的白堊並沒有使我的思想白堊化。走下講臺，回到書齋，我用美麗的藍墨水沖洗不太美麗的白粉灰。血自我的心中注入指尖，注入筆尖，生命的紅色變成藝術的藍色。

十三年來，這隻右手不斷燃香，向詩的繆思。可是僅飲汨羅江水是不能果腹的。漸漸地，右手也休息一下，讓左手寫點散文。畢竟這是一個散文的世紀，編輯們向我索稿，十有九次是指明要用左手，不要右手的產品。讀者啊，現在讓我伸出左手，獻上我的副產品吧。

這是我的第一本散文集，裡面收集的是我八年來散文作品的一小部分，間有議論，但大半是抒情的。最早的一篇是〈猛虎和薔薇〉，寫於四十一年秋天；最近的一篇是〈書齋．書災〉，寫於今年春天，就在這間正鬧書災的書齋裡。集子裡的文章，有七篇曾在《文星》刊登，其餘的則先後刊登在「中央副刊」，「聯合副刊」，《現代文學》，《文學雜誌》，《現代知識》，《中外文藝》和《自由青年》。

這本抒情的散文集，有一半的篇幅為作者心儀的人物塑像。其中有詩人，作家，還有畫家。另一半的篇幅則容納一些介紹現代畫的文字，三篇遊記，和兩篇小品。付印時，張平先生為我仔細地校勘最後一遍，剔出若干錯處，必須在此向他致謝。

不少讀者一開口就訴苦，說現代詩怎麼不好，怎麼難懂。難道我們的散文就沒有問題嗎？實用性的不談，創造性的散文是否已經進入現代人的心靈生活？我們有沒有「現代散文」？我們的散文有沒有足夠的彈性和密度？我們的散文家們有沒有提煉出至精至純的句法和與眾迥異的字彙？最重要的，我們的散文家們有沒有自〈背影〉和〈荷塘月色〉的小天地裡破繭而出，且展現更新更高的風格？流行在文壇上的散文，不是擠眉弄眼，向繆思調情，便是嚼舌磨牙，一味貧嘴，不到一CC的思想竟兌上十加侖的文字。出色的散文家不是沒有（我必須趕快聲明），只是他們的聲音稀罕得像天鵝之歌。我所期待的散文，應該有聲，有色，有光；應該有木簫的甜味，釜形大銅鼓的騷響，有旋轉自如像虹一樣的光譜，而明滅閃爍於字裡行間的，應該有一種奇幻的光。一位出色的散文家，當他的思想與文字相遇，每如撒鹽於燭，會噴出七色的火花。

那麼，就讓我停止我的喋喋，將這些副產品獻給未來的散文大師吧。

五十二年六月十八日

余光中作品集　23

左手的繆思

作者	余光中
責任編輯	張晶惠
創辦人	蔡文甫
發行人	蔡澤玉
出版發行	九歌出版社有限公司 臺北市105八德路3段12巷57弄40號 電話／02-25776564・傳真／02-25789205 郵政劃撥／0112295-1
九歌文學網	www.chiuko.com.tw
印刷	晨捷印製股份有限公司
法律顧問	龍躍天律師・蕭雄淋律師・董安丹律師
初版	2015年12月
初版2印	2017年12月
定價	**260元**

書號　0110223

ISBN　978-986-450-030-7

（缺頁、破損或裝訂錯誤，請寄回本公司更換）

國家圖書館出版品預行編目資料

左手的繆思 / 余光中著. – 初版. --
臺北市：九歌, 2015.12

面；　公分. -- (余光中作品集 ; 23)

ISBN 978-986-450-030-7(平裝)

855　　　　104023324